Bundeswehr

Völlig überarbeitete Neuauflage: 1991
Überarbeitete Nachauflage: 1993

Satz: prograph gmbH, München
Druck: Dr. Cantz'sche Druckerei, 73760 Ostfildern (Ruit)
Bindearbeiten: Sigloch Buchbinderei, Künzelsau
6 7 8 98 97 96
Auflage Jahr
(jeweils erste und letzte Zahl maßgeblich)

ISBN 3-8231-0096-3

Bundeswehr

Ein fröhliches Wörterbuch für alle,
die beim ,,Bund“ mehr oder weniger
freiwillig Dienst tun (müssen),
und deren mitbetroffene Angehörige.

Von Heinz Volz
mit Zeichnungen von Wolfgang Willnat

TOMUS

Abkommen:
„Meldung an Chef: Habe Orientierung verloren und zwischen zwei Hügeln Stellung bezogen. Erbitte Anweisung für weiteres Verhalten!“

A

Abendsonne

Brachte als Ministerspende 1971 und 1990 Glanz und Elend in die Truppe. Glanz für alternde Hauptleute und Majore durch eine sie selbst überraschende Beförderung, Elend für jüngere Offiziere, die dadurch — wenn sie nicht gestorben sind — angeblich auch heute noch im Stau (siehe dort) stehen.

Abkommen

— Nach landläufiger Rechtsauffassung ein Vertrag,
— militärisch aber auch die selten richtige Meldung eines Schützen, wo sein Schuß (wenn überhaupt) auf der Scheibe liegt,
— meist jedoch das stets unbeabsichtigte Abweichen eines Soldaten vom vorgeschriebenen Weg bei einem Orientierungsmarsch mit zufällig gastronomischem oder anderem verlockendem Zwischenziel.

---

abschüsseln

Modernisierte Anwendung Kneippscher Wassergüsse als Duschenersatz bei der aus der Mode gekommenen NVA.

---

abseilen

— Nicht ungefährliches bergsteigerisches Unternehmen, aber auch
— das heimliche (mindestens ebenso gefährliche) Verschwinden von Soldaten aus einer Gruppe (z. B. beim Arbeitsdienst) zum Zwecke der Kantinenkontrolle.

Adjutant

Jüngerer Offizier, der mindestens des Lesens und einer Fremdsprache (z. B. Altgriechisch, Latein oder Suaheli) mächtig sein muß und alle einschlägigen Kartenwerke (Straßenkarten, Spielkarten, Speisekarten) kennen sollte, um seinem möglicherweise überlasteten (überforderten) Kommandeur schwierige Entscheidungen abnehmen zu können. Adjutanten gibt's daher nur ganz oben. Sie haben meist eine steile Karriere vor sich, da sie ihren Kommandeur hinter sich haben.

Admiral

Boshaft auch Wassergeneral genannte Marinepersönlichkeit, die aber meist mit Wasser nur noch unter der Dusche, im Bad oder in geringen Mengen vielleicht auch noch beim Genuß von Grog in Berührung kommt. Allerdings sollen Admirale in höherer Verwendung auch manchmal schwimmen.

Alarm:
„melde, war beim Alarm gerade in der Kantine."

AIR SPACE CONTROL	Der vorerst vergebliche Versuch, zweidimensionale Denkweisen beim Heer und dreidimensionale Erfordernisse der Luftwaffe zeitlich geordnet unter einen Hut zu bringen. Die einen können nicht dreidimensional denken, die anderen nicht zweidimensional handeln, und bei beiden erschweren falschgehende Uhren und die Behauptung, recht zu haben, die Koordination.
Alarm	Ein die Ruhe eines Soldaten zu ungebührlichen Zeiten unterbrechender Ruf der unteren Führung zur blitzgeschwinden Herstellung der Einsatzbereitschaft. Alarm ist besonders beliebt, wenn er wegen angeblicher, aber keineswegs vorhandener Gefahren unnötig ausgelöst wird. Wegen des fehlenden Durchblicks der für diesen Alarm verantwortlichen Vorgesetzten spricht man dann von ,,blindem Alarm“.
Amt Blank	Muß wohl wegen des waschmittelverdächtigen Namens — entgegen der eindeutig irrigen Meinung sogenannter Basisdemokraten — etwas mit Sauberkeit zu tun gehabt haben, denn alte Soldaten bekommen bei Nennung dieses Namens glänzende Augen.
Anpfiff	1. Beim Sport: akustisches Zeichen für Beginn eines Spieles. 2. Bei den Soldaten: einfachste — aber akustisch lautstarke — Form der ,,erzieherischen Maßnahmen“ nach dem Drehen eines ,,Bolzens“ (siehe dort).
Anrede	Früher: — Herrrrr Müller: kam einem Anpfiff nahe — Müller (Müllerchen): Anzeichen von Wohlwollen Heute: — Müller (Müllerchen): wehrbeauftragtenreif — Herr Soldat: im Sinne der ,,Inneren Führung“ Merke: 1. Die Würde des Menschen ist unantastbar. 2. Technokratische Kühle ersetzt rauhbeinige Herzlichkeit.
antreten	Kann man zumeist allein und nach eigenen Vorstellungen — eine Stellung, — eine Reise, — ein Motorrad, — eine Erbschaft, meist mit erfreulichen Folgen.

aufstehen:
,,Entschuldigung, daß ich noch unrasiert bin,
aber ich bin erst eben aufgestanden.''

Für Soldaten — stets in der Menge — bedeutet „Antreten" entweder
— die blitzgeschwinde, lautlose Bildung eines formalgeordneten Haufens nach dem Willen des Vorgesetzten oder
— den Beginn eines Angriffs (in der Bundeswehr theoretisch oder militärhistorisch).

Nichtbefolgung ist in keinem Falle ratsam.

Appell

In der Jägersprache den Gehorsam des Hundes bezeichnender Ausdruck. Ist nicht mit gleicher oder ähnlicher Bedeutung in den militärischen Bereich übertragbar.
Hier ist ein Appell meist eine feierliche Handlung mit mahnenden Worten eines Vorgesetzten. Vor allem, wenn es sich um einen Waffen- oder Bekleidungsappell handelt.

Artillerie

Einschlägige Aussagen von Fachleuten der Artillerieschule belegen, daß die Artillerie weder Freund noch Feind, sondern nur lohnende Ziele kennt.

Aufklärer

Kein zulässiges Überbleibsel des ehem. Ministeriums für Propaganda und Volksaufklärung. Auch keine Lehramtsperson, die im Sexualkunde-Unterricht eingesetzt ist, sondern luft-, see- und erdbewegliche Militärspezialisten, die mit Radar, Funk, Foto und Fernglas das tun, was im Zivilleben den Staatsanwalt auf den Plan rufen würde.

---

aufstehen

Vor dem Beginn der Emanzipation von Männern gezeigte höfliche Geste gegenüber Frauen in Bahn und Bus. Heute weitgehend aus der Mode gekommen.
Bei Soldaten der im Tiefschlaf störende Weckruf des UvD.
Trotz größer gewordener Rücksichtnahme auf Gesundheit und Seelenleben Untergebener auch heute noch üblich.

Augenpflege

Keine von der Bundeswehr finanzierte kosmetische Behandlung zivil oder dienstlich erworbener dunkler Augenränder abgespannter Soldaten, sondern die von diesen bei jeder Gelegenheit (Unterricht, Wachbelehrungen usw.) genutzte Chance, durch Schließen der Augendeckel Konzentration und innere Anteilnahme zu heucheln oder schlicht zu schlafen.

Ausbilder

Nach einem alten Soldatenspruch ein Mann wie ein Rohr. Keineswegs so schwankend, aber Drall, Druck und Geschwindigkeit bestimmend.

Ausbildersprüche

In der Bundeswehr nur noch selten als Schocktherapie für Rekruten angewandte Formulierungen — wie diese — zeigen, wie ernst manche Ausbilder ihren Auftrag nehmen:

— ,,Was nicht direkt und unmittelbar zum Tode führt, macht nur noch härter''! oder

— ,,Eure Seelen gehören dem lieben Gott, aber eure Knochen gehören mir!''

Meist sind diese und ähnliche Sprüche nur noch in antiquarischen Büchern oder modernen Filmen zu finden.

Ausgang

Vor dem Ausgang der Kaserne beginnt der Ausgang des Soldaten, der dann wieder hinter dem Kasernenausgang endet. Meist ist der Ausgang nur kurz. Wäre er länger, wäre es Urlaub.

Der offizielle Ausgang kann auch inoffiziell ohne Kasernenausgangsbenutzung bei der Rückkehr unmittelbar hinter der Kasernenumzäunung enden. Vorgesetzte sehen das nicht gern. Folge: siehe ,,Diszi''.

Ausgangsbeschränkung

,,Freiheitsberaubung'' nach dem Drehen eines ,,Bolzens'' (siehe dort).

B

Barett

Verschiedenfarbige, schirmlose Kopfbedeckungskennzeichnung von Soldaten, über deren Trageweise — je nach Truppengattung — unterschiedliche Auffassungen herrschen.

Pioniere tragen das Barett breit, steif und quer, Fallschirmjäger schräg abstürzend und trotzdem haltend, Heeresflieger in der Tasche, Panzeraufklärer mit aristokratischem Knick und goldgelber Innenfütterung und Gebirgsjäger gar nicht (siehe ,,Bergmütze'').

Bataillon

Ältere ,,Alte'' oder junge ,,Uralte'' (siehe ,,Batterie/Kompanie'') werden mit zunehmendem Alter nach einem meist unerforschlichen

Ausgang:
„Kann ich den Hausschlüssel mitkriegen?
Es wird heute etwas später bei mir."

Beschluß von ,,P" (siehe dort) manchmal mit der Führung mehrerer Batterien/Kompanien betraut. Sie dürfen sich dann Kommandeure nennen, obwohl sie nun nur noch befehlen und kaum noch kommandieren. Dank der Hilfe ihrer Stäbe können Kommandeure ihre Bataillone gerade noch überschauen. Zumindest kennen sie die Namen der Batterie-/Kompaniechefs.

Batterie/Kompanie Eine Zusammenfassung von Zügen (siehe dort) zur haushaltsrechtlichen Begründung einer Chefstelle. Chefs werden seit Einführung der Streitaxt ,,Der Alte" genannt. Der urheberrechtlich geschützte Titel einer bekannten Krimiserie steht aber damit nicht in Zusammenhang. Inzwischen gibt es ,,Alte" mit so langer Chefzeit, daß sie den Ehrentitel ,,Uralte" tragen dürfen.

Bau Hat in diesem Falle ausnahmsweise einmal nichts mit der Industriegewerkschaft Bau, Steine und Erde zu tun, sondern stellt die soldatisch knappe Bezeichnung für ,,Disziplinararrest" dar. Hier hat die Gewerkschaft kein Mitspracherecht, wenn man vom ,,Vertrauensmann" (siehe dort) absieht.

Befehl Knappe militärische Weisung. Länge und Wirkung eines Befehls sind stets umgekehrt proportional zum Durchsetzungsvermögen des Befehlenden. Anders ausgedrückt: je dicker der Befehl, desto dünner die Wirkung.

Befehlsausgabe
1. Dienstliches Morgengebet
2. Weltliche Abendandacht

} für Soldaten durch den ,,Spieß" mit erzieherischen Hinweisen auf Himmel (Urlaub/Ausgang), Erdenleben (Dienst) und Hölle (Wache/Wochenenddienst).

Beförderung Bekanntlich sind bei der Bundeswehr alle Soldaten ihren Anlagen und ihrer Bewährung entsprechend durch Vorgesetzte zu fördern; niemand darf bevorzugt oder übersehen werden. Deshalb gilt bei der Bundeswehr die Feststellung eines braven Schweizer Soldaten nicht, manch einer wäre wohl nicht befördert worden, wenn man vorher seine Kameraden oder Untergebenen befragt hätte. So bleibt die B. in vielen Fällen Routine- oder Glückssache, nachdem man vor der B. meist zunächst die Familie in einen anderen Standort befördert hat.

Beförderung:

„Du bist stolz auf deine Beförderung, was?"

Bettenbau:
,,Wie kann man sich bloß so dumm anstellen? Jetzt zeige ich Ihnen schon sechs Wochen lang, wie man ein Bett ordentlich macht!''

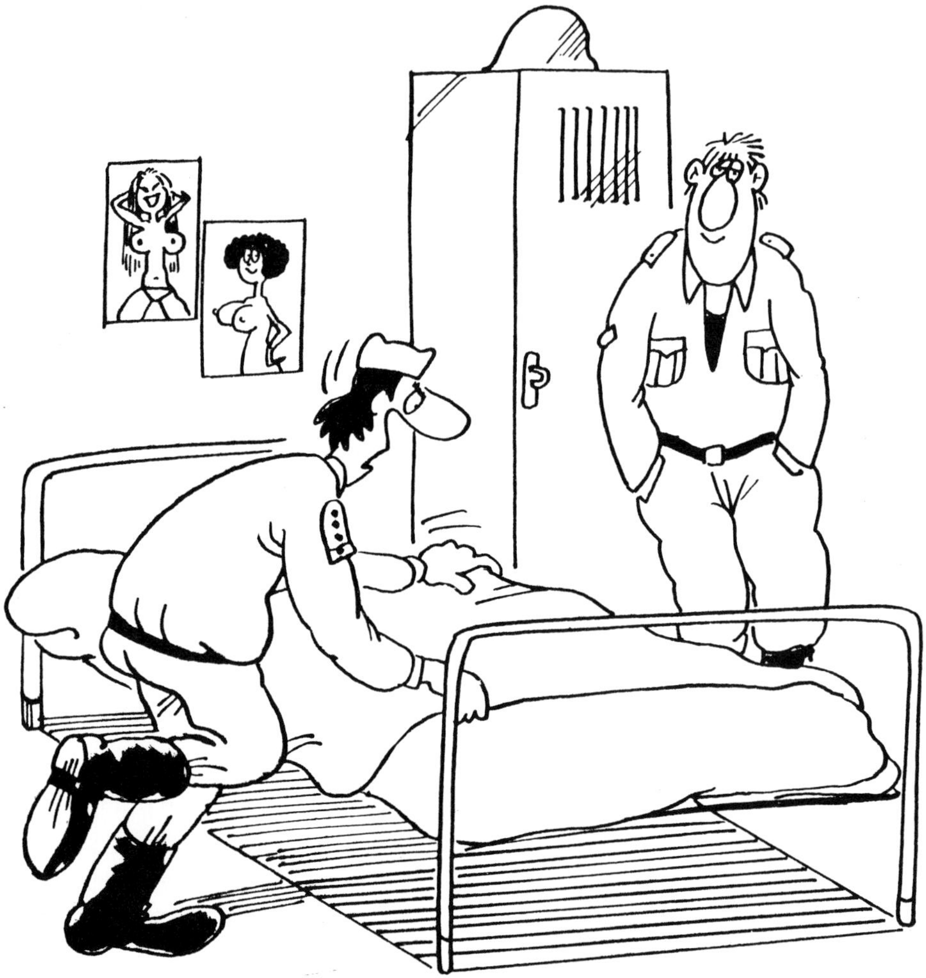

Belet Uen

Klingt nicht nur rückwärts und versetzt gelesen (NEU BETEL) nach Menschlichkeit und Humanität.
„Eine befriedete Zone", sagte deshalb die Regierung, und der Verteidigungsminister flog zum Beweis und ohne Furcht spontan dorthin zu seinen Soldaten.
„Ein Kriegsdienst besonderer Art, in dem die Bundeswehr einen Schnupperkurs für künftige Investitionseinsätze absolviert hat," meinte die Opposition (und wartete mit dem Besuch, bis die Regierungsmitglieder zurückgekehrt waren, denn man konnte ja nie wissen ..!).

Bergmütze

Besondere Kopfbedeckung der Gebirgsjäger. Angeblich nur als fürsorglichen und nicht aus traditionellen Gründen zugelassen. Der langgestreckte Mützenschild soll bei Bergmärschen stets den Blick auf den zu erreichenden Gipfel verhindern. Auf diese Weise wird dazu beigetragen, daß Moral und Selbetvertrauen der Truppe nicht schon von Beginn an, sondern nur etappenweise angegriffen werden.

Bermuda-Dreieck der Bundeswehr

Umschreibung für den Raum KÖLN-BONN-KOBLENZ. Dort verschwinden jährlich überdurchschnittlich viele Offiziere und Unteroffiziere von Heer, Marine und Luftwaffe, ohne daß man je wieder etwas von ihnen gehört hätte. Es sei denn, die ständig zunehmende Produktion von Erlässen, Verfügungen, Befehlen und Vorschriften erkläre sich aus diesem Phänomen.

Berufsarmee

Wenn (nach Heuß) die Wehrpflicht ein legitimes Kind der Demokratie ist, dann spielen jene Demokraten, die eine Berufsarmee wollen, lustvoll mit dem Gedanken, ein illegitimes Kind zu zeugen, ohne dafür dann auch die Verantwortung zu übernehmen und die Kosten zu tragen.

Bettenbau

Verzweifeltes Bemühen von Rekruten, die Vielfältigkeit einer Bettdecke in eine dem Vorgesetztenauge wohlgefällige Einfältigkeit zu bringen.

Beurteilung

Da, wie man hört, 98,9% aller dienstgradgleichen höherrangigen Soldaten gleich gut beurteilt sein sollen, löst „P" daraus abzuleitende Verwendungsentscheidungen angeblich mit einem Lotteriesystem.

Diese Feststellung erklärt somit logisch denkenden Mitarbeitern, warum z. B. ein Heeresoffizier mit guten chinesischen Sprachkenntnissen (lt. Beurteilung) als Marineattachée nach Ägypten und ein arabisch sprechender Offizier der Marine als Verbindungsoffizier zur südkoreanischen Luftwaffe versetzt wurde.

BMVg Nach der Definition eines findigen Soldaten der größte schwimmende Verband der Bundeswehr, da seine Führung militärisch ungewisse Wasser befährt, über Untiefen im eigenen Bereich wenig weiß, zwischen politischen Sturmböen navigieren muß und versucht, in Häfen zuverlässiger Freunde festzumachen, ohne zu wissen, wie hoch die Hafengebühren sind und wann sie gezahlt werden müssen.

BND Schon Gehlen sagte, mit Heinrich Spoerls Gedanken spielend: ,,Man sollte nicht darüber sprechen!''

Bolzen Im allgemeinen metallener Gegenstand zur Herstellung einer Verbindung zwischen zwei Teilen. Im militärischen Bereich jedoch jene Handlungen von Soldaten, die mit dem Willen und Wollen von Vorgesetzen nicht vereinbar oder diesen gar diametral entgegengesetzt sind. Solche Bolzen haben oft Folgen, die keine Verbindung, sondern eher eine vorübergehende Trennung (von der Freundin) bewirken.

Bootsmann Feldwebel zu Wasser mit Schaukelgang.

Brigade Zweckgemeinschaft von Bataillonen mit vielfarbigen Kragenspiegeln, die von ihrem Kommandeur als lästige Durchgangsstation auf dem Weg nach oben angesehen wird.

Brigadegeneral Vergoldeter Major nach beiläufiger, aber nicht zu umgehender Bewährung als Oberstleutnant und Oberst in Stäben und in (eigentlich überflüssigen) Truppenkommandos.

Brustwarzen Die wichtigen Körperteile, auf denen nach Meinung mancher Ausbilder die Rekruten nach der Geländeausbildung in die Unterkunft zurückkehren müssen, wenn die Ausbildungsbemühungen erfolgreich gewesen sein sollen.

Bolzen:
„Her mit der Mark!
Wette gewonnen!“

Bundeswehr-Hochschulen:
„Schütze —
Gefreiter —
Obergefreiter —
Hauptgefreiter . . .“

	Für die ersten weiblichen Wehrpflichtigen kommen da schwere Zeiten, wenn sie kommen.
Bundeswehr-Hochschulen	Dort werden junge Offiziere in klassischen Studienfächern von Hochschullehrern, die meist selbst nie Soldaten waren, gründlich ausgebildet. So erhalten sie zwar ein für das Zivilleben wertvolles Diplom, vergessen aber dabei ihre militärische Vorbildung fast vollständig.
Bundeswehrverband	Kein bundeswehrspezielles Wundschutzmittel, sondern gewerkschaftsähnlich genutzter Druckverband gegen ministerielle Schwächen bei der Anwendung praxisorientierter „Innerer Führung“.
Bundeswehrverwaltung	Nach Ansicht mancher Soldaten die vierte Teilstreitkraft mit angeblich mehr Befugnissen, als sie selbst dem Generalinspekteur zustehen. Auch er muß gelegentlich auf seine Reisekostenabrechnung warten.
Bundis	Das Gegenteil von Zivis. Beide unterscheiden sich gemeinsam wohltuend von „Drückis“, verdienen dafür allerdings auch meist weniger „Knete“.
Buschgeld	Geländezaster, Graspfennig, Schlammkohle, Walddukaten oder Zittergroschen nennt der Soldat die Zulage, die er bei Übungen im Gelände erhält, obwohl er dort kaum Gelegenheit hat, Geld auszugeben.

C

Chaos	Sehr oft im Spind eines Soldaten anzutreffender Aggregatzustand des Inhalts, der bei Dienstaufsichtführenden zu Temperamentsausbrüchen und Magengeschwüren führen kann.
Chlor	Desinfizierendes Latrinenparfum mit Hustenreizwirkung.
Chor	Oft vorkommender Schreibfehler für höchste nationale Führungsebene, die sich „Korps“ schreibt und mit Gesang nichts zu tun hat.
Circuittraining	Beliebteste Methode von Ausbildern, beim Sport ohne eigene Anstrengungen den Schweiß anderer zu vergießen (siehe Titelbild!).

Dienstschluß:
,,Ich warte auf irgendeinen, auf den keine wartet.“

D

Dienstanzug	Er heißt so, wenn er auch im Dienst selten getragen wird. Dafür trägt man lieber den Feldanzug, obwohl der Dienst selten im Feld stattfindet, und nennt ihn dann Kampfanzug, selbst wenn nicht gekämpft wird. Es ist daher kein Wunder, daß mancher Soldat Probleme mit der Anzugordnung hat und in der Öffentlichkeit militärischen „Gammellook" trägt.
Dienstbefreiung	Urlaubsverlängernde Freiheitsgewährung an Weihnachten oder Neujahr bzw. Ostern oder Pfingsten, die oft genutzt wird, um die Grundlage für weitere Dienstbefreiungen zu legen (Heirat, Kindstaufe).
Dienstbekleidung (Uniform)	Für individuelle Ausgestaltung eigentlich nicht vorgesehener Einheitsanzug, dessen Art — je nach dienstlichem Anlaß — befohlen werden kann. Geringfügige Abweichungen (Schirmmütze zum Kampfanzug — Generalen vorbehalten —, Dienstjacke mit Arbeitshose zum Ausgang, Trainingsjacke mit Ausgehhose und Barett) werden von Vorgesetzten — im Hinblick auf die gewünschte Persönlichkeitsentfaltung auch im militärischen Bereich — nur milde (wenn überhaupt) gerügt.
Dienstplan	Militärisches Theaterprogramm für die Woche mit nicht verzeichneten Ergänzungen außerhalb der Dienstzeit.
Dienstschluß	Beginn der aktiven Tagesphase von bis dahin eher dem ruhigen Leben zuneigenden Wehrpflichtigen mit der Gefahr eines verkehrsbehindernden Staus am Kasernenausgang.
Dienststärke	Früher ein Maßstab für die Abschreckungswirkung vor allem an Wochenenden. Heute — wegen des verlorengegangenen Feindbildes — jedoch ohne jede Bedeutung. Es soll Einheiten geben, in denen dem Chef und dem Spieß der dritte Mann zum Skat fehlt.
Dienstweg	Keineswegs das Straßenstück zwischen der Wohnung und der Dienststelle/Kaserne eines Soldaten, sondern jener streng reglementierte Transportweg von militärischen Schriftstücken, auf dem sie von Be-

rufenen und Unberufenen in exakt festgelegter Reihenfolge gelesen, begutachtet, weitergereicht und endlich irgendwo bearbeitet, vielleicht sogar entschieden werden. Hin- und Rückweg durchlaufen die gleichen Stationen. Wird eine Station übersprungen, kommt das einem nationalen Unglück gleich und bedeutet die gröblichste Mißachtung sich wichtig nehmender Stellen/Personen.

Dienstzeitregelung

Erfolgt nicht mehr nach Ausbildungs- und Einsatzerfordernissen, sondern nach dem Soldatenbeteiligungsgesetz im Einvernehmen zwischen dem zur Zustimmung berechtigten Vorgesetzten und dem die Zeit festlegenden Untergebenen.

Diskussion

Wird heute von manchen Soldaten, insbesondere von Abiturienten und von jüngeren Offizieren, oft mit „Befehl“ verwechselt.

Diszi

Respektlose Landserabkürzung für mehr oder weniger erfolgreiche Maßnahme eines Vorgesetzten in Chefverwendung oder höher zur Verbesserung der soldatischen Ordnung.

Disziplin

Im Sprachgebrauch der Gelehrten die Bezeichnung für eine wissenschaftliche Fachrichtung.
Auch bei der Bundeswehr nahezu akademischer Begriff, da in der Praxis oft mißverstanden und wegen falsch interpretierter „Innerer Führung“ vom eigentlichen Sinne des Wortes, vor allem in Verbindung mit „eisern“ = Zucht, Ordnung, Einordnung, Unterordnung (s. Fremdwörterlexikon im Bertelsmann Lexikon-Verlag), weit entfernt.

Division

Einen solchen Großverband mit mehreren Brigaden und Bataillonen einmal zu führen ist der — meist vergebliche — Traum aller Generalstabsoffiziere. Neben eigener Leistung sind dazu eine günstige Placierung in einer geeigneten Seilschaft und das Losglück bei „P“ Voraussetzung. Es soll Zwei-Sterne-Generale gegeben haben, die ihren vorzeitigen Abschied beantragt haben, weil man sie ohne die ersehnte Bewährung als Divisionskommandeur befördert hatte.

Donnerbalken

Nicht etwa der Name eines Häuptlings der Braunfußindianer nach Karl May, sondern die lautmalerische Umschreibung eines meist mehrzylindrigen Feldhock-Freiluft-WC.

Dienstweg:

,,Wenn Sie eine Beschwerde haben, kommen Sie zu mir. Ich werde Ihnen dann erklären, warum Ihre Beschwerde Quatsch ist.''

Einberufung:
„Das Kreiswehrersatzamt hat auf Computer umgestellt.“

E

Edelweiß

Dieses Abzeichen qualifiziert seinen Träger noch lange nicht als Gebirgsjäger, auch wenn er zu dieser Truppe gehören mag, vor allem dann, wenn er nach dem Motto lebt:

„Das Wirtshaus von innen,
die Kirche von außen und
die Berge von unten!“

Vertreter dieser Einstellung sollen das Edelweiß irrtümlich auch schon als See-S-tern angesprochen haben. Hier hilft nur Versetzung in die Niederungen der Marsch.

Ehrenkreuz der Bundeswehr

In drei Stufen nach dem Anciennitätsprinzip in Verbindung mit dem Computer und dem Zufall verliehener Friedensorden für Soldaten.

Eignungstest

Ergänzungsmaßnahme bei der Musterung, die darüber entscheidet, bei welcher Truppengattung ein Rekrut seinen Dienst beginnt (z. B. Infanterie: „Braucht nicht zu denken, nur zu gehorchen“ oder Fernmelder: „Muß auch gut hören können“).

Einberufungsbescheid

Jenes per Zustellungsurkunde amtlich übersandte Papier, das mancher mehr fürchtet als früher einen „Blauen Brief“, obwohl der humanitäreren Zeit zufolge der ehemalige Name „Gestellungsbefehl“ nicht mehr gebräuchlich ist.

Einkleidung

Zwangsläufige Folge eines Einberufungsbescheides in Form der höflichen Verpassung militärischer Maßkonfektion ohne den sinnvollen Spruch: „Sitzt, wackelt und hat Luft!“

Entlassung

Wehrpflichtiger: „Freiheit, die ich meine!“
Zeitsoldat: „Schicksalssymphonie!“
Berufssoldat: „Eroica“ oder „Großer Zapfenstreich“.

Entlassungsgeld

Freiwilliger finanzieller Teilausgleich des Finanzministers an Wehrpflichtige für unfreiwillig geleistete Überstunden.

Fallschirmjäger:
,,Noch nicht, Fähnrich Bittner, erst nach dem Start!''

EPa-Tag

Jener Tag in der Kaserne, an dem wegen des notwendigen Verbrauchs der Einsatzrationen die Truppenverwaltung für eine hautnahe ,,Überlebensübung" im Speisesaal sorgt. An solchen Tagen erreicht die Zahl der Urlaubsanträge Höchstfrequenz.

Erkennungsmarke

Um den Hals zu tragender militärischer Metallschmuck, aus dem der Rekrut — solange er lebt — ablesen kann, wann er geboren ist, welche Personenkennziffer er hat und welche Blutgruppe bei ihm festgestellt wurde. Der Erwerb dieses Schmuckes ist mit harter Dienstleistung verbunden.

Essenfassen

Längst nicht mehr wie früher: ,,Friß oder stirb!", sondern im Sinne McDonald'scher Eßkultur: ,,Empfange und genieße!"

Essenmarke

Für Wehrpflichtige beliebtes Tauschobjekt gegen Verpflegungsgeld, wenn bedauerlicherweise an der Verpflegung nicht teilgenommen werden kann, weil Urlaub oder Dienstbefreiung oder Ausgang dazwischenkommt.

F

Fahrschule

Militärische Kraftfahrausbildung der Nation unter dem von einem bayerischen Fahrschulleiter ausgegebenen Motto: ,,Wer steht, hat recht. Wer rechts steht, hat immer recht!"

Fallschirmjäger

Ein uniformierter Mensch, der unter Ausnutzung des Galileischen Gesetzes vom freien Fall, der Newtonschen Gravitations- und flugphysikalischer Auftriebsgesetze unter Mitnahme einer Menge militärischen Trödels nach dem Absprung aus einem Luftfahrzeug mittels höchst zweifelhafter Luftfahrtgeräte riskiert, ohne Rücksicht auf eigene Verluste anderen Menschen auf den Kopf zu fallen und danach auch noch einen militärischen Auftrag zu erfüllen.

Familie

Für Bundeswehrfamilien ist Artikel 6 (Abs. 1, 2) des Grundgesetzes nur eingeschränkt gültig. Nach Ansicht gewisser Führungsstäbe und von „P“ (siehe dort) ist die Familie eines Soldaten — trotz gegenteiliger Beteuerungen — in der Praxis ein lästiges, (wenn auch selten zu beseitigendes) verwendungserschwerendes Hindernis bei Versetzungen. Sie bedarf in diesem Falle eines besonderen Schutzes durch die staatliche Ordnung nur im Ausnahmefalle (z. B. bei Versetzungen von Angehörigen der Führungsstäbe oder von „P“).

Familienheimfahrt Ein vom Bund für Soldaten finanziell geförderter Wochenendbesuch der Familie, wobei die Förderung der Hoffnung entspringen dürfte, daß dadurch im Interesse der Bundeswehrplanung für die späten 90er und die ersten Jahre im neuen Jahrtausend die Geburtenzahlen in der Bundesrepublik wieder steigen.

Feindbild Ist plötzlich bei vielen Armeen abhanden gekommen. Das Verschwinden dieser seit Kain und Abel bekannten Antiquität gilt als der segensreichste Verlust der neueren Militärgeschichte. Die Suche danach wird nur noch von der aussterbenden Gruppe der Betonköpfe fortgesetzt.

Feldjäger Auch „Sheriffs“, „Greifer“ und „Polyp“ genannte Personen in Uniform, die sich durch weißes Koppelzeug, weiße Handschuhe und weiße Mützen das Aussehen militärischer Freunde und Helfer geben wollen. Vorsicht: Sie können auch Helfer des Staatsanwalts sein. Nicht zu verwechseln mit Landjäger (siehe dort).

Feldwebel Unteroffizier im gehobenen Niveau.
Nach 42 Jahren Dienstzeit ist mir nach wie vor nicht klar, warum dieser Dienstgrad bei der Marine Bootsmann und nicht „Seewebel“ heißt. Allerdings hätte dann die Luftwaffe auch das Recht, einen „Luftwebel“ einzuführen.

Fernmeldetruppe Der Teil der Streitkräfte, der mit ein paar Enden Draht in der richtigen Länge nach der Formel Lambda-Halbe (was immer das bedeuten mag) und unter Einsatz kleiner grauer Kästen mit Schaltern und Knöpfen durch Männer mit hohem Intelligenzquotienten in der Lage sein soll, Funkverbindungen und — unter Mißbrauch des Postnetzes — auch Fernsprechverbindungen über größere Entfernungen bis zu 1 km herzustellen, zu halten und zu betreiben.

Feindbild:
„Melde, feindlichen Posten überwältigt
und gefangengenommen.“

Flachbahnrennen Militärisches Tempobolzen knapp oberhalb der Grasspitzen während der Geländeausbildung, um dem Soldaten neben den eigenen auch die Grenzen des Übungsplatzes aus nächster Nähe zu zeigen.

Fliegerfaust Keineswegs die Lufthansa-Version des bekannten Werkes von Goethe. Auch nicht die geballte Faust eines Piloten am Steuerknüppel, sondern die teuflische Version einer Einzelkämpfer-Fliegerabwehrwaffe, die dem Piloten von hinten durch den heißen Ofen unter den Hintern fliegt und dann detoniert. Wegen der Gefahr für eigene Flieger wird hier dem mitdenkenden Einzelkämpfer der Vorzug vor dem mitkämpfenden Einzeldenker gegeben.

Flottenstützpunkt Sollte nicht mit einem „flotten Stützpunkt" verwechselt werden, wenn auch beide oft dicht beisammen liegen.

Formalausbildung Der verzweifelte, meist vergebliche Versuch von Ausbildern, einer ungeordneten Masse ungeschickter und wenig begeisterter Rekruten Gleichschritt, Haltung und Richtung gleichzeitig beizubringen (siehe „Sauhaufen"), ohne die Nerven zu verlieren (siehe „Wehrbeauftragter").

Fregattenkapitän Ein in die Jahre gekommener Korvettenkapitän nach Beförderung. Der Begriff „alte Fregatte" hat nur entfernt und höchstens von der Lebenserfahrung her etwas mit diesem Dienstgrad zu tun.

Freizeitbüros Zur besseren Koordinierung des Gammelns bei stetiger Verkürzung der Dienstzeit sollen auf Vorschlag des Bundeswehrverbandes demnächst flächendeckend Freizeitbüros für nicht voll ausgelastete Soldaten eingerichtet werden. Die Ausübung aller unter „Freizeitbeschäftigung" genannten Möglichkeiten wird aber weder vom Wehrbeauftragten noch vom Generalinspekteur garantiert.

Freiwillige
1956: verachtet
1966: verlacht
1976: bestaunt
1986: respektiert
1996 und danach: gesucht

Flottenstützpunkt:
„Komisch, jetzt liegen wir hier schon drei Tage, und kein Mann will Landurlaub."

Freizeitbeschäftigung:
,,Meine Freundin will nicht glauben, daß du Hauptmann bist und hundert Männer kommandierst!“

Freizeitbeschäftigung

Nach einer repräsentativen Untersuchung eines maßgeblichen Meinungsforschungsinstitutes beschäftigen sich Soldaten in ihrer Freizeit (in aufsteigender Wertung) am liebsten mit:
— Lesen,
— Sport,
— Autoreparieren,
— Essen,
— Fernsehen,
— Kantinenbesuchen und Kartenspielen
— (darüber spricht man nicht),
— Schlafen.

Frustration

Keine neu eingeführte Essensration für frustrierte Zeit- oder Berufssoldaten, sondern deren tieftraurige Seelenbefindlichkeit als Folge ständig wechselnder militärpolitischer Ruck-Zuck-Entscheidungen über Auflösung, Standortwegfall, Neuaufstellung, Blauhelmeinsatz, Umstrukturierung, Planstellenstreichung und deren unkalkulierbare Rücknahme bzw. unerwartete Änderung.

Führung

Nach der alten TF (HDv 300/1) noch eine Kunst und eine auf wissenschaftlicher Grundlage beruhende, freie schöpferische Tätigkeit. Heute unter dem allgegenwärtigen Druck von Vorschriften, von Juristen und der Verwaltung nur noch unter dem Risiko persönlicher Laufbahngefahren möglich.

Führungsakademie

Militärpolitstrategische Bildungsanstalt der Bundeswehr für die Verleihung höherer Weihen an „Schlieffenpimpfe". Wer sie erfolgreich durchlaufen hat, fürchtet keinen Gegner mehr, höchstens noch Vorgesetzte.

G

gammeln

Nach völlig falscher Ansicht einsatzfreudiger Soldaten die Nullproduktion von Verteidigungsbereitschaft durch das Schieben von Wache, die Pflege von Waffen und Gerät, Stubendienst, Appelle usw. Merke: Allein die Tatsache der Anwesenheit in der Kaserne wirkt bereits abschreckend. Sie gehört wegen der leichteren Überschaubarkeit der Armee zu den vertrauensbildenden Maßnahmen der Militärpolitik. Man sollte also an das Nichtstun einen ethisch höheren Maßstab anlegen.

Gebirgsjäger Des Verteidigungsministers international einsetzbare Trachtengruppe mit hohem militärischem Einsatzwert dank unterstützender Mulis.

Gefechtslyrik Den Unwillen aller Führernaturen erregende

— blumige Kampfgespräche sprachbegabter Offiziere über Funk oder
— Lagevorträge von Offizieren (meist mit abgeschlossenem Pädagogikstudium), die bei Adam und Eva beginnen und selbst die neuere Geschichte nicht auslassen.

Gefreiter Ein Nichtmehr-Rekrut, aber auch — und noch lange nicht — ein Obergefreiter.

Geländebeurteilung Sie ist für jeden Rekruten von Beginn an unerläßlich, damit er bei „Flachbahnrennen", Deckungsübungen („Volle Deckung", „Fliegerdeckung") und Stellungswahl unter Umgehung des prüfenden Blickes von Vorgesetzten geschickt jeder Wasserpfütze und jedem Schlammloch ausweichen kann.

General Aufgrund der Putzmittelwerbung besonders glanzvoller Dienstgrad, der jedoch nur mit Glück, durch Zufall, als Mitglied einer Seilschaft oder mit anderer gottgewollter Hilfe erreicht wird. Es soll auch Generale gegeben haben, bei deren Beförderung die Leistung entscheidend war. Im übrigen sind Generale auch nur Menschen, die lediglich schönere Uniformen als ihre Untergebenen tragen und dafür aber auch mehr und länger Dienst machen müssen.

Generalarzt Wurde meist Arzt, ohne zu wissen, was ein General ist, und hat jetzt als General oft vergessen, was ein Arzt war.

Generalinspekteur Höchstbezahlter Offizier in nationaler Verwendung, der aber nach unten wenig zu befehlen und dafür nach oben noch weniger zu sagen hat, selbst wenn er etwas zu sagen hätte, da die jeweils gültige Politik meist trotz seines besseren Fachwissens Vorrang hat.

Gebirgsjäger:
,,Wer keine Lust mehr zum Marschieren hat,
bitte einen Schritt zurücktreten!"

Grundausbildung:
„Ich fürchte, daß Sie Ihre Vorstellung von der Grundausbildung etwas korrigieren müssen."

Generalmajor	Oft nur deshalb zu diesem Dienstgrad befördeter Soldat, weil zu jung, um als Brigadegeneral pensioniert zu werden, aber auch schon zu alt, um noch Generalleutnant werden zu können. Ausnahmen bestätigen — wie in der Politik und im sonstigen Leben — die Regel.
Generalleutnant	Nur wenige sind berufen, und außer „P“, dem Himmel und dem Minister weiß kaum einer warum.
Generalstabsoffizier	Arbeitender Militärzwitter: — gehört meist nicht mehr zur Truppe — ist noch lange kein General.
Gesamtdeutsche Armee	Schwierige Zangengeburt einer verkleinerten Bundeswehr nach Geburtswehen durch Kollision von „Innerer Führung“ mit „preußischer Stechschritt-Imitation“.
Gleichschritt	Dem Synchrontanz gleichzusetzende militärische Marschform von zwei oder mehr Soldaten, die heutzutage, ebenso wie der Tanz, selten beherrscht wird. Tritt ein Soldat mit dem linken und der andere gleichzeitig mit dem rechten Fuß auf, dann ist das kein Gleichschritt, sondern ein „Sauhaufen“ (siehe dort).
gleiten	Artistische, der Bewegung von Reptilien nachempfundene Fortbewegungsart von Soldaten unter voller Geländeausnutzung. Besonders beliebt auf schlammigem Boden, da der das „Gleiten“ erleichtert.
Grundausbildung	Schlammschlacht mit Überlebensaussicht durch rasches Erlernen von Maßnahmen zur Selbstverteidigung bei gleichzeitiger Abnabelung von Mutters Fürsorge. Erst in der Grundausbildung erkennt man den Grund für die Ausbildung.
Grundgesetz	Die beste je für die Außenpolitik erfundene Ausrede, die es allen Parteien ermöglicht, Blauhelmeinsätze der BW möglichst unmöglich zu machen.
Grundwehrdienst	Hat seinen Namen daher, daß der Wehrpflichtige meist erst während der Dienstzeit den Grund für seinen Wehrdienst erfährt.

grüßen — Die vom Untergegebenen gegenüber Vorgesetzten früher ständig übliche, aber heute nur noch im äußersten Notfall einmal am Tage zögerlich praktizierte Form der handgreiflichen Bekundung dienstlicher Achtung (je nach landsmannschaftlicher Zugehörigkeit und Laune: ,,Moin", ,,Griaß di", ,,Hallo" usw.).

Gruppe — Ein kleiner Haufen uniformierter Individualisten nach militärischer Dressur durch einen Unteroffizier. Der Zusammenhalt einer Gruppe ist sprichwörtlich — wenn es um gemeinsames Fluchen auf den Dienst oder auf Vorgesetzte geht.

Gulaschkanone — Keine tödliche Waffe ungarischer Herkunft, sondern eine antiquierte Bezeichnung für ein aus der Steinzeit stammendes militärisches Kochgerät mit Ofenrohr speziell zur Herstellung von Erbsensuppe mit Speck. Magischer Anziehungspunkt für Soldaten auch ohne Zuhilfenahme eines Kompasses.
Heute durch unromantische Kochmaschinen ersetzt, mit denen man auch ein Festmenü herstellen könnte, ohne daß der Beliebtheitsgrad bei der Truppe gestiegen wäre.
Im Gegenteil: Man bevorzugt die Kantine.

H

Haarschnitt — Eines der größten militärphilosophischen Probleme der Bundeswehr in den siebziger Jahren, das den ehemaligen Verteidigungsminister zu haarsträubenden Aussagen und haarigen Erlassen veranlaßte.

Hauptmann — Dreisterne-Krieger gegen den Stau.

Heilfürsorge — Soldaten (Wehrpflichtige bis Generale) dienen hier meist medizinischen Anfängern — Stabsärzte genannt — als Übungsobjekte. Dabei tritt bereits im Frieden der Ernstfall ein.
Da die Letalität der Patienten aber prozentual nicht über der im Zivilbereich liegt, zeugt das entweder für deren robuste Konstitution oder dafür, daß die Stabsärzte doch etwas können.

grüßen

hinlegen

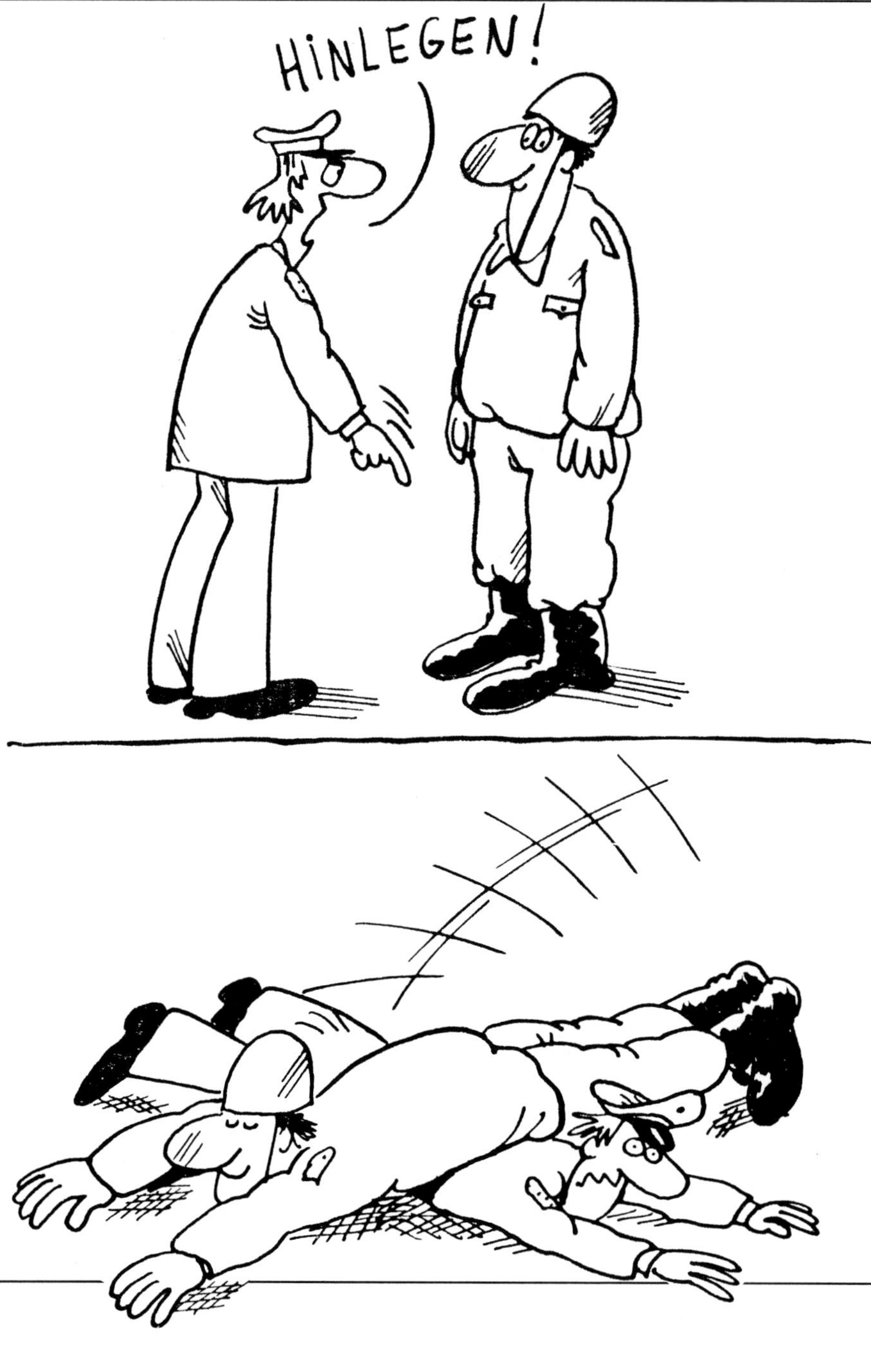

Heeresamt (lies auch: — Luftwaffenamt, — Marineamt)	Nach unmaßgeblicher Meinung militärischer Zyniker eigentlich überflüssig, wenn bei den Führungsstäben (mit Ministerialzulage) gewagt würde, unmittelbar für die Truppe zu denken und nicht denken zu lassen. Die boshafte Bezeichnung ,,Heeres- (Marine-/Lw-)Heim" oder ,,Elefantenfriedhof" (weil man dorthin nicht versetzt, sondern umgebettet wird) ist auf scharfe Kritik des Wehrbeauftragten gestoßen.
Heeresflieger	Leben stets gefährlich und beziehen ihre Fliegerzulage daher zu Recht. Nicht ganz Luftwaffe, aber auch nicht mehr ganz Heer, bewegen sie sich in einem an einer Art Windmühle hängenden, aerodynamisch mißlungen erscheinenden Gebilde in jenem Nahbereich oberhalb der Erde, den eigentlich die Heeresflugabwehrtruppe für ihre Aktivitäten gepachtet hat. Angeblich fliegen sie aus Sicherheitsgründen deshalb bei schlechtestem Wetter auch dann noch, wenn bereits die Vögel zu Fuß gehen.
hinlegen	Beruflich bevorzugte Tätigkeit beim ältesten Gewerbe der Welt. Bei Soldaten weniger beliebte Bewegungsform, vor allem, wenn sie mit der Begründung befohlen wird, die horizontale Geländegängigkeitsfähigkeit und die Deckungssuche sei bei jeder Gelegenheit zu üben.

I

Idealismus	Für viele Angehörige der Bundeswehr — vor allem auch höherer Dienstgrade — ein unverständliches Fremdwort, dessen Bedeutung erst im Fremdwörterlexikon nachgeschlagen werden muß.
Infanterist	Der Fama nach ein Soldat, der aufgrund engen Hautkontaktes zur Erde alle Maulwürfe, Wühlmäuse, Regenwürmer und Nachtschnecken in der näheren Umgebung des Standortübungsplatzes mit Vor- und Nachnamen kennen muß, um als echter ,,Furchendackel" anerkannt zu werden. Wegen seiner landwirtschaftsverbundenen Tätigkeit holt er auch stets die ,,heißen Kartoffeln aus dem Feuer", wenn sonst nichts mehr geht.

Innere Führung	Hochgeistige, theoretische Erörterung mit meist wenig praktischem Bezug, aber hohem psychologischem Stellenwert über das Thema: ,,Wie Vorgesetzte mit mündigen Bürgern in Uniform nach den Gesetzen der modernen Gesellschaftslehre umgehen sollen, ohne psychische Schäden zu hinterlassen.'' Wo sie allerdings tatsächlich praktiziert wird (was vorkommen soll!), ist es nicht nötig, darüber zu reden. Merke: Wer ,,Innere Führung'' gekonnt praktiziert, verhindert, daß sie zerredet wird.
Inspizient	Ein meist als ,,Oberst de luxe'' auftretender Offizier aus dem Heeres- (Lw-/, Marine-)amt in Aussterbeverwendung, der niemandes Vorgesetzter, aber von seiner eigenen Bedeutung mehr als erforderlich überzeugt ist. Wegen der umfangreichen Vorbereitungen auf eine Inspizierung (siehe ,,Türken bauen'') bei der Truppe weniger beliebt. Seine Berichte — bereichern den Altpapierstapel im Ministerium, — bewirken kaum eine Änderung, da sie an vorgesetzter Stelle selten gelesen werden, — enthalten selten Kritik nach unten (siehe auch hier ,,Türken bauen'').
Instandsetzungstruppe	Größter Rödelverein der Armee, der alle Schäden an Waffen, Kfz und Gerät in der gleichen Zeit beheben soll, in der sie die Truppe verursacht hat. Gute persönliche Kontakte und Beistand mit geeigneten Schmiermitteln verbessern die Instandsetzungsleistung entscheidend.
Integration	Nach ,,Mackensen — Deutsches Wörterbuch'' von Integral = Summe aus unendlich vielen Teilen. Auf die Bundeswehr übertragen bedeutet das: ,,Gott gebe der Luftwaffe die Gelassenheit, das Heer so hinzunehmen, wie es ist, dem Heer den Mut, die Luftwaffe in seinem Sinne zu ändern, der Marine die Weisheit, das Graue vom Blauen zu unterscheiden, allen Dreien aber die Fähigkeit, gemeinsam denken zu lernen und die seelische Größe, auch ehemalige Soldaten der NVA als Kameraden aufnehmen zu können.''
Intelligenzquotient (,,IQ'')	Etwas, wonach bei der Einstellungsuntersuchung und Musterung oft vergeblich gesucht wird.

Innere Führung:
„Wem glauben Sie eigentlich mehr, mir oder diesen dämlichen Gesetzen?“

„Jabo“:
„Fähnrich Bittner, es sind wieder Beschwerden über Ihre Flughöhe gekommen.“

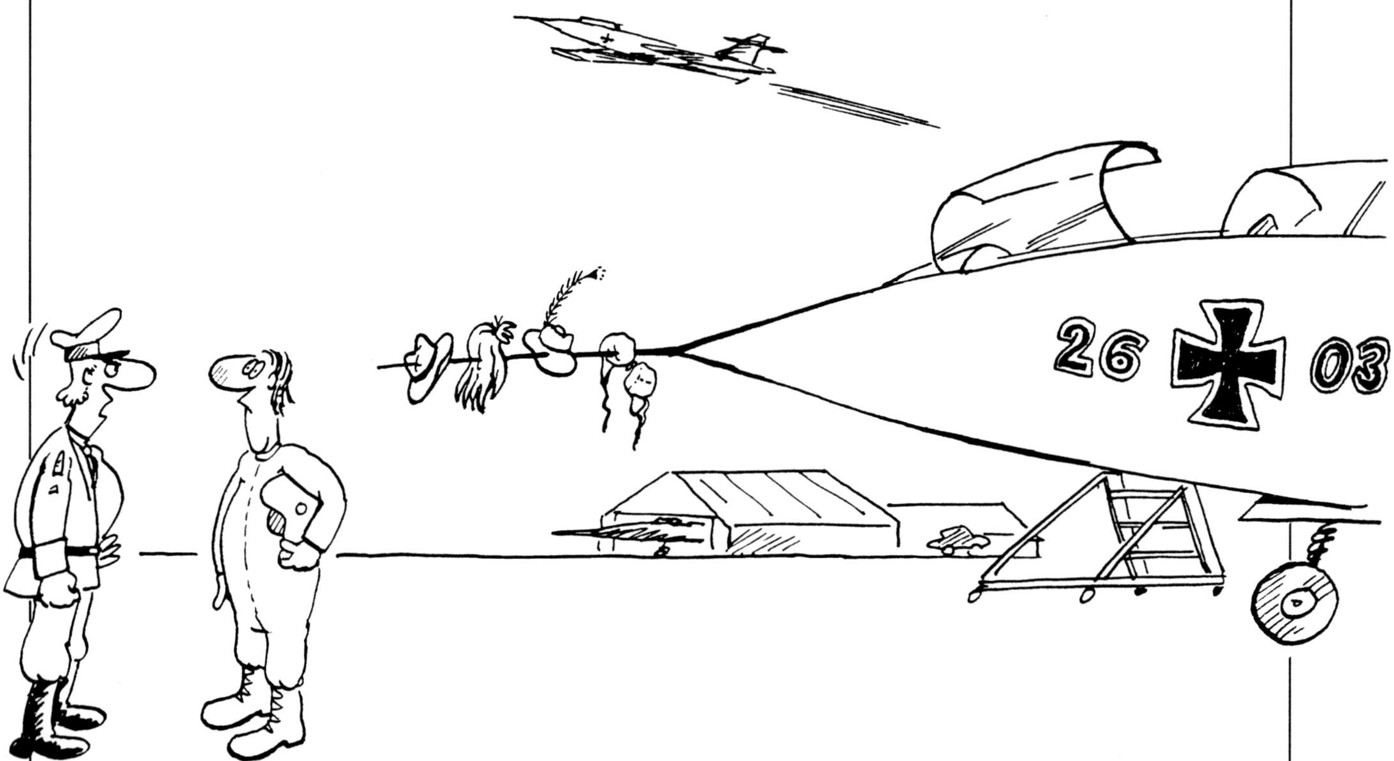

J

Jägertruppe	Vorzüglich für alle mit der Natur verbundenen Menschen (Naturschützer, Green-Peace, Oeko-Freaks, dem Grünen Zugeneigte) zur Ableistung des Wehrdienstes geeignete Truppe, da sie wegen geringer Motorisierung nur wenig Flurschaden anrichtet und dabei zugleich hautnah das Studium der Flora und Fauna sichergestellt ist.
Jagdbomber (Jabo)	Angeblich (zivile Behauptung!) unterhalb der Baumwipfel fliegende eigene Luftfahrzeuge, die im Frieden eigens dem Zwecke dienen, friedliche Bürger mit infernalischem Lärm aus dem Mittagsschlaf zu reißen. Merke: Schlechter wären Jabos eines Gegners. Sie würden nicht nur durch Lärm stören.
Jagdflieger	Zeichnen sich auch für jeden militärischen Laien durch verständliche Zeichensprache mit Händen und gymnastisch verschlungenen Armen bei Abgabe ihrer Flugberichte und Austausch ihrer Flugerlebnisse aus.
Jubelkaftan	Respektlose Bezeichnung für etwas so Ernstes und Würdiges wie den Gesellschaftsanzug der Bundeswehr.
Jugendoffizier	Steht bereits im Frieden täglich an der Front und ist der militärische Prügelknabe für Oberschüler und Studenten als Ergebnis der staatsbürgerlichen Aufklärungsversäumnisse durch Eltern, Schule und Parteien.

K

Kameradschaft	Nach Ansicht — allerdings unmaßgeblicher — militärischer Kreise sind die besten Kameraden heute die „Pappkameraden", da unter Kameradschaft oft die Wahrung des eigenen Vorteils auch beim soldatischen Zusammenleben mit Hilfe der Ellenbogen mißverstanden wird.

Kantine:
,,Gestern hatte ich Bohnen, heute Erbsen . . . das gibt wieder ein Manöver mit chemischer Kriegsführung.“

Kampfschwimmer	Ein im Verborgenen lebendes, zoologisch schwer einzuordnendes militärisches Wesen, teils Fisch, teils Vogel, teils Mensch, das schwimmen, tauchen, fallschirmspringen und im Notfall sogar auch laufen kann.
Kantine	In der Kaserne installierter ,,Tante-Emma-Laden" mit ,,kleiner Kneipe um die Ecke". Beliebter Sammelplatz von Soldaten in der ,,NATO-Pause" (siehe dort) und außerhalb der Dienstzeit — auch ohne Auftrag und Befehl.
Kapitän zur See	Der Zusatz ,,zur See" macht den feinen Unterschied zu einem echten ,,Kapitän" zivilen Charakters oder zum Flugkapitän deutlich. Es handelt sich hier um einen in Theorie und mitunter auch noch in der Praxis mit dem Salzwasser der Weltmeere vertrauten Oberst der Marine in ziviländlicher Uniform.
Kapitänleutnant	Vom Dienstgrad her ein zwitterhaftes Wesen aus der seemännischen Hierarchie (noch nicht Kapitän, aber auch nicht mehr Leutnant).
Kartenlesen	Ist die Kunst, a. sich von keiner Wahrsagerin etwas vormachen zu lassen, b. Skat-, Doppelkopf- und sonstige Spielkarten an ihren Markierungen auch von der Rückseite her zu erkennen, c. den Text von Speisekarten zu verstehen, d. als Soldat auf Landkarten zumindest einen Fluß von einer Autobahn unterscheiden zu können (wichtig für militärische Kraftfahrer von Chefs und Kommandeuren).
Kasino	Wer in Italien als Offizier in Verkennung der Gebräuche nach dem Weg zum „Casino" fragt, landet unweigerlich in einem Bordell, wogegen in der Bundesrepublik zumeist ein Spielkasino das Ziel einer solchen Befragung wäre. Um solche (möglicherweise) peinlichen Verwechslungen zu vermeiden, wurde dieser früher übliche Begriff für bauliche Einrichtungen zur Betreuung der Offiziere (was immer man darunter verstehen mag) in das Wort „Offizierheim" umgewandelt.

Klappspaten	Mehrzweckgerät, das früher von Soldaten schweißtreibend zur Durchführung von Erdbewegungen, aber auch als Nahkampfwaffe benutzt wurde, heute jedoch zweckentfremdet vorzugsweise dem „Spatengang“ oder auch Einzelkämpfern als Bratpfanne dient.
Kommandant	Ist noch lange kein Kommandeur, wenn auch ein Kommandeur durchaus Kommandant sein kann. Die Lösung dieses anscheinenden Widerspruchs ist nur nach mehrjähriger Truppenpraxis möglich.
Kommiß	Kein Schreibfehler des Wortes „komisch“, obwohl Zusammenhänge manchmal nicht zu leugnen sind.
Kompanie	Batterie ohne Geschütze und ohne die Barbara als Schutzheilige.
Kondensstreifen	Das, was Ausbilder von der Truppe zu sehen wünschen, wenn sie mit „marsch, marsch!“ wegtreten lassen.
Korps	Trotz der unterschiedlichen Bedeutung des Wortes zu „Chor“ (siehe dort) ist beiden eines gleichermaßen eigen: Eine Menge von unterschiedlichen Individuen ist im Tun und Handeln in Gleichklang zu bringen. Dieser schwierigen Abstimmung wegen im militärischen Bereich auch mit drei goldenen Sternen dotierte Führungsstelle, deren Inhaber von politischen Einflüssen angeblich unabhängig ausgewählt wird.
Korvettenkapitän	Marinemajor, der sich kraft seiner Dienststellung jemanden halten kann, der weiß, daß Wasser keine Balken hat, aber trotzdem durchaus Schiffe trägt.
Krankmeldung	Auch Helden haben Schmerzen!
Krisenreaktionskräfte	Neugeschaffene, angeblich flexible Bundeswehr-Verbände, die immer dann, wenn eine Krise „in oder out of area“ (d. h. stets und ständig) eintritt, als „peace-keeper“ nicht reagieren können, weil es das Grundgesetz, die Moral, die unbewältigte deutsche Vergangenheit oder die Ansicht dieser oder jener Partei vor einer Wahl verbieten, oder weil sie gerade mal wieder umstrukturiert werden.

Klappspaten

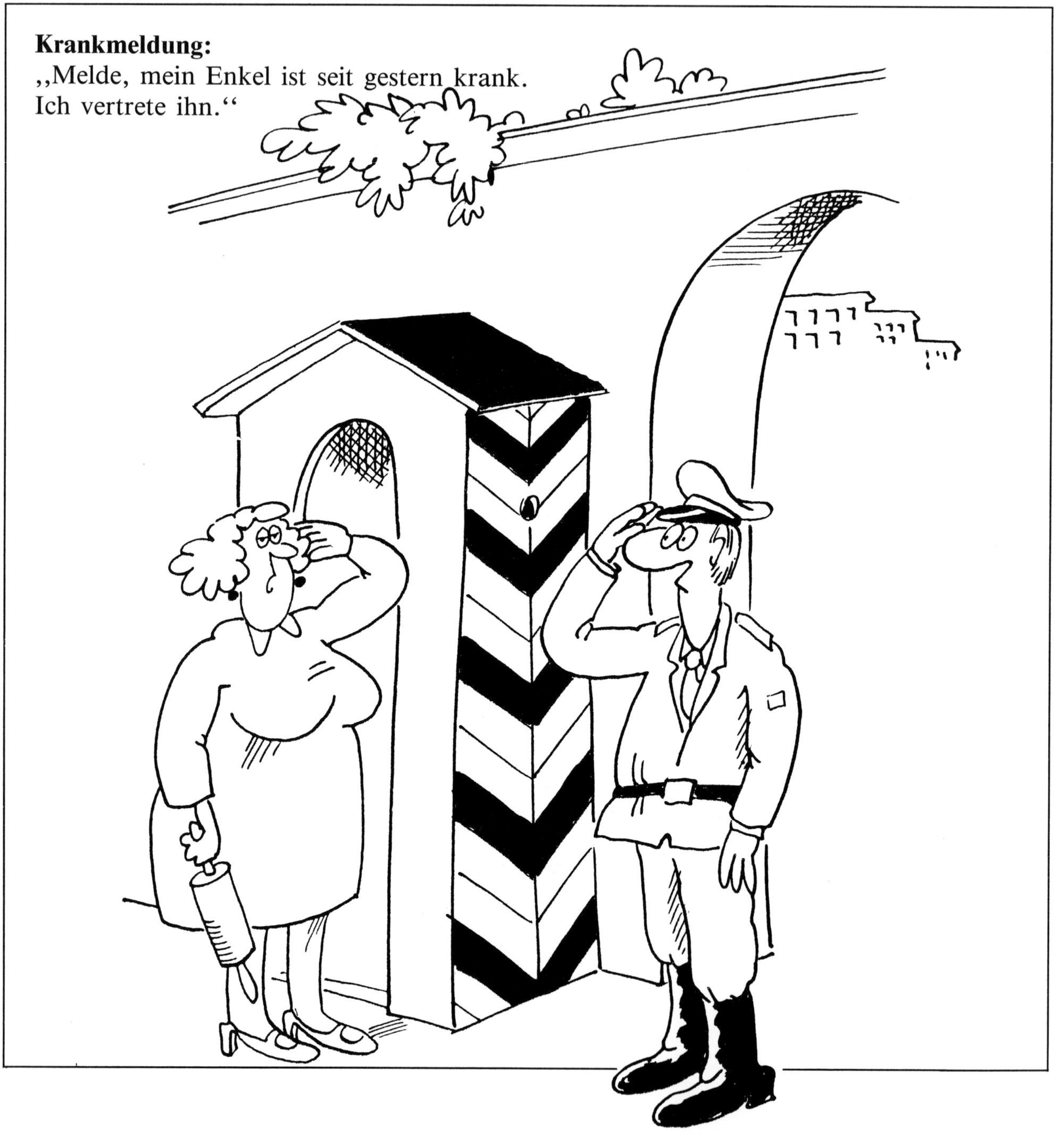

Krankmeldung:
„Melde, mein Enkel ist seit gestern krank.
Ich vertrete ihn.“

KWEA	Im Klartext zwar „Kreiswehrersatzamt", aber nach Meinung Wehrpflichtiger auch zu lesen als: „Kameraden, wir erfassen alle!"
kw-Vermerk	In STAN/Stellenplan enthaltener Klammervermerk hinter bestimmten Stellen, was für deren Inhaber nicht „kann wenig", sondern „kann wegfallen" bedeutet. („Soldatenbeseitigungsgesetz" — wenn es das gibt, wie der Bundeswehrverband behauptet).

L

Lametta	Gemeinhin glitzernder Weihnachtsbaumbehang. In diesem Falle jedoch die soldatische, aber prägnante Kurzform für alle Orden, Litzen, Tressen und Sterne, die (nicht nur) ein Soldat tragen darf.
Landjäger	Nach der Definition eines Leutnants der Fallschirmtruppe „ein langes, salzgesottenes, wurstähnliches Gebilde der bayerischen Agrikultur, das nicht mit Feldjägern verwechselt werden dürfe, obwohl diese ebenso scharf seien und schwer im Magen lägen."
Landsermeinung	Nach gängiger, angeblich von Alice Schwarzer vehement bekämpfter Meinung vieler Soldaten sind flirtbereite Mädchen wie Kuchen mit Schlagsahne: Beide lassen sich mit Genuß vernaschen!
Latrine	Ort, der während der körperlichen Entlastung und Entwässerung wie kein anderer Platz geeignet ist, militärische Geheimnisse zu verbreiten. Auf der Latrine ist schon manche Bombe geplatzt.
lebenskundlicher Unterricht	Keine Sexual- oder AIDS-Aufklärung für Soldaten. Hat aber trotzdem viel mit Moral, Sitte, Anstand und Ethik zu tun.
Leutnant	Versilberter militärischer Anfänger auf gehobenem Niveau.
Logistik	Die Theorie von der Übertragung der zivilen Neckermann-Erfahrungen auf die Bedürfnisse der Truppe nach dem Motto: „Jedem das Seine in der rechten Menge, zur rechten Zeit am rechten Ort!"

	In der Praxis kommt die Theorie oft ins Wanken, weil die Taktik auf die Logistik keine Rücksicht nimmt und dann die schlechte Versorgung bemängelt.
Lohn der Angst	Leicht übertriebene Landsermeinung beim Wehrsoldempfang.

M

MAD	Hat nichts, aber auch wirklich nichts mit dem englischen Begriff „mad = böse bzw. verückt“ zu tun.
Major	Dem Personalstau mit Glück nach oben entkommener Hauptmann.
Mampf	Nach Mackensens „Deutschem Wörterbuch“ ein Schallwort für „viel und in großen Bissen essen“, das lautmalerisch deutlich macht, warum der Soldat reimt: „Ohne Mampf kein Kampf!“
Marsch	Geordneter Spaziergang von Soldaten im Gleichschritt unter Aufsicht. Wegen der verkümmerten Gehwerkzeuge heute meist nur noch mit der Vorsilbe „Kfz-“ bekannt.
Marscherleichterung	Menschliche Note von Vorgesetzten, wenn diese beim Marsch Untergebenen Marschgepäck und Gewehr abnehmen. Es soll aber auch schon umgekehrte Fälle gegeben haben.
Marschgesang	Dienstlich kaum noch geübte und in der Bewegung angewandte musische Bildung von Soldaten. Wird aber bei der Rückkehr vom Nachtausgang besonders gerne geübt, wenn auch nicht im Gleichklang, so doch um so lauter.
Maskenball	Fröhlichste Stunden für Rekruten zu nachtschlafender Zeit, wenn es darum geht, bezüglich des schnellen Wechsels der verschiedensten Anzugsarten ins „Guinnes-Buch der Rekorde“ aufgenommen zu werden.
Maßband	Zweckentfremdetes Längenmeßmittel aus Plastik, das mit zunehmender Dienstzeit kürzer wird und mit dem letzten Zentimeter den Auszahlungstag für das Entlassungsgeld markiert.

Mampf:
„Geht nicht mehr so weit weg. Ich bin gleich mit dem Essen fertig.“

Minister der Verteidigung:
,,Hallo, Bonn?! Kann ich mal den Verteidigungsminister sprechen? — Grüß' dich, Onkel!"

Militärkader	Schreibfehler sächsischer Provenienz. Muß mit Umorientierung der NVA im Zuge der Wiedervereinigung jetzt „Militärkater“ heißen und steht für das Empfinden mancher dort ehemals etablierten höheren Dienstgrade.
Minister der Verteidigung	Er ist der Politiker, der alle verteidigungspolitischen Fragen entscheiden soll. Ist er nicht anwesend, entscheidet sein Stellvertreter. Ist auch dieser abwesend, entscheidet der gesunde Menschenverstand.
Mißhandlung	In der Bundeswhr abgeschafft. Aber Vorsicht: Als M. kann unter Umständen schon der Versuch eines Vorgesetzten gewertet werden, einem Soldaten ohne vorherigen schriftlichen Antrag ein Staubkorn von der Uniform zu entfernen.
Mob-Verbände	Keine Zusammenfassung von Hooligans, Hafenstraßenindianern, RAF-Sympathisanten und anderen staats-, zustands- oder sonstwieverdrossenen Zeitgenossen in militärähnlichen Organisationen (obwohl das zeitweilig auch möglich gewesen sein könnte), sondern im Ernstfall aus ehrenwerten Resevisten aufgestellte Verbände.
Mogadischu	Hauptstadt von Somalia (siehe dort). UNO-Koordinationszentrum, an dem sich auch deutsche Soldaten aufhielten. Frage an den imaginären Nachfolger von Radio Eriwan, den Soldatensender Hammelburg: „War der Einsatz deutscher Soldaten in Mogadischu gefährlich?“ Antwort: „Im Prinzip nein, es sei denn, sie hätten sich zufällig dort befunden, wo gerade geschossen wurde. Aber deshalb erhielten die Soldaten ja für ihren im Prinzip gefahrlosen Auftrag auch Gefahrenzulage.“
Motivation	Seit Soldaten sogar mit juristischem Segen ehrenrührig beleidigt werden dürfen und viele Politiker nur halbherzig hinter oder gar vor ihnen stehen, vielerorts nur noch mit dem Raster-Elektronen- Mikroskop aufzuspürender Begeisterungsschub für die Landesverteidigung.
Musikkorps	Sie leben nach dem Motto: „Musik ist Trumpf!“ Bundeswehrmusikkorps beherrschen die Nationalhymnen aller Staaten der Welt (179), spielen Jazz, Operetten, Opern, klassische Musik

des Kongo für Trommeln und Bazooka sowie mittelamerikanischen Beat und britischen Samba. Wie man aber hört, haben sie Probleme, einen einfachen deutschen Zapfenstreich zu interpretieren.

Musterung Militärische Tauglichkeitsprüfung, die manchem hochbezahlten Sportprofi und/oder Künstler schon die Gelegenheit gegeben hat, den unwiderlegbaren Nachweis zu führen, daß er trotz oder wegen seines leistungsbezogenen Berufes für einen Dienst in der Armee körperlich nicht tauglich ist.

N

Nachbrenner

1. Das Löschen des Nachdurstes nach hartem Kantineneinsatz.
2. Verzögertes Abbrennen einer Kartusche mit schockartiger Wirkung bei Freund und Feind.
3. Lautstarke Vollendung eines an sich abgeschlossenen Gedankens durch einen meist älteren und damit höheren Vorgesetzten zu unpassender Zeit und Gelegenheit in der Absicht, Untergebene aus ihrem Konzept zu bringen.

Nachschlag Eine der beliebtesten Übungen von Soldaten bei Übungen im Anschluß an die Essensausgabe. Führt bei öfterer Wiederholung zur Erhöhung der Bekleidungsgröße, weniger zur Erhöhung der Leistung.

Nachschubtruppe Militärischer Quelle-Laden oder Otto-Versand.
Bestellzettel (mil.: Formblatt) genügt, und vor Ablauf eines Jahres wird der gewünschte Versorgungsartikel geliefert, es sei denn
— er steht der Truppe nicht zu,
— er wäre dem militärischen Sortiment nicht zuzurechnen oder
— das Formblatt war falsch.

nachschwenken Sollte man Gläser beim Spülen.
Müssen Rekruten, die nicht spuren. Das Nachschwenken endet meist, wenn sie schwanken. Daher wohl auch die Wortableitung.

Nahkampf Vorwiegend bei Rangern und im Überlebenstraining geübte, aber (nicht nur) von Soldaten im übertragenen Sinne auf wesentlich zartere

Nachschlag:
„Die Küchenbullen werden auch immer fauler, was?“

Nahkampf:
,,Für den Nahkampf geeignet.‘‘

Weise auch außerhalb des Dienstes angewandte Methode hautnaher Kontaktpflege.

NATO-Kitt

Keineswegs ein chemisches oder moralisches Mittel, die NATO-Staaten noch fester zusammenzuschweißen, sondern nach Landserfeststellung der in Bw-Kasernen verabreichte Kartoffelbrei ob seiner wie Kitt den Magen verschließenden Konsistenz.

NATO-Pause

In die Bundeswehr aus dem westlichen Ausland eingeführte, inzwischen gewohnheitsrechtlich und vom Bundeswehrverband quasi gewerkschaftlich abgesicherte Frühstückspause, in der es (bislang) nur Angehörigen bayerischer Verbände offiziell erlaubt ist, „eine Halbe Bier“ zu trinken.

NVA

Nun von allen als „Nix-Volks-Armee“ erkannt, steht das Kürzel NVA heute für NEUER VERTEIDIGUNGS-AUFTRAG.

O

Obergefreitendienstweg

Wer will, daß eine Nachricht auch ohne Zuhilfenahme der überlasteten Fernmeldetruppe rasch unter die Leute kommt, der vertraue sie einem Obergefreiten an. Obergefreite scheinen mit Hilfe des lieben Gottes Verbindungen in alle Welt zu haben. Eine Parole, in Flensburg ausgegeben, ist garantiert zwei Stunden später Tagesgespräch bei Obergefreiten in Berchtesgaden.

Oberst

Meist wegen guter Leistungen an die derzeit ausgeübte Verwendung gebunden und daher schon aus diesem Grunde verhindert, General zu werden. Wird er es trotzdem, ist das einem Wunder oder einer der seltenen Erleuchtungen bei „P“ zu verdanken.

Oberverdachtschöpfer

Diese Bezeichnung hat mehrfache, aber signifikante Bedeutung und umschreibt im Soldatenalltag die Angehörigen des

1. militärischen Abschirmdienstes (MAD)
2. S2-/G2-Dienstes und
3. Wehrbeauftragtenamtes.

	Von diesen drei Dienststellen arbeiten nur 1 und 2 verdachtschöpfend zusammen, während 3 auch ohne deren Mitwirkung Verdacht schöpft.
Offizier a. G.	Nicht zu verwechseln mit Offizier i. G. (siehe dort). Bezeichnung für Fachoffiziere als „Offiziere auf dem Gnadenweg (Offz. a. G)", die mitunter — manchmal im Gegensatz zu Offz. i. G — eine Menge von ihrem Fach verstehen.
Offizier i. G.	Von der Führungsakademie mit der Aussicht auf höhere Weihen ausgewählte Offiziere, die manchmal bereits als junge Majore überzeugt sind, Armeekorps mit der linken Hand und besser als ihr Kommandierender General führen zu können. Im Gegensatz zu Moltkes Vorstellung scheinen sie mitunter mehr, als sie sind.
orientieren	Ist die Anwendung erlaubter und unerlaubter Mittel bei Tag und unter Nutzung des Polarsternes bei Nacht (im Zweifel auch eines ortskundigen Taxichauffeurs), noch vor dem Vorgesetzten den kürzesten Weg aus einem fremden Gelände über die nächste Kneipe zum Ziel zu finden.
Orientierungsmarsch	Hängt einerseits mit dem Zurechtfinden in fremdem Gelände zusammen, läßt sich aber auch auf die zielstrebige Runde von Soldaten — insbesondere von Rekruten beim ersten Ausgang — durch alle in der Ausgangszeit erreichbaren Lokale übertragen. In beiden Fällen ist danach — allerdings unterschiedlich begründete — dringende Erholung aller Beteiligten erforderlich.

P

„P"	Kürzel für jenes Amt, das nach unerforschlichem Urteil — nach Ansicht vieler Soldaten meist falsch — über Beförderungen entscheidet. P. soll aber auch Entscheidungen getroffen haben, mit denen einige Soldaten zufrieden waren (siehe „Abendsonne").
Panzeraufklärer	Traditionell so stolz auf ihre Truppengattung, daß sie auf eigene Kosten nicht nur die Innenaufschläge ihrer Uniformen, sondern nach glaub-

Orientierungsmarsch:
„Nach dem 60-Kilometer-Marsch dürfen Sie zur Belohnung in die Disco zum Tanzen.“

Panzergrenadiere:
„Er bekommt zu Hause die Marmeladengläser auch nicht auf!“

	haften Darstellungen von Insidern auch die Innenseiten der Nachthemden goldgelb gefüttert tragen.
Panzergrenadiere	Fahren im Geiste alter Kavalleristen mit gepanzerten Kleinomnibussen ins Gefecht, die sie aber aus Sicherheitsgründen verlassen müssen, wenn es ernst wird.
Panzerschrott	Allgemein das, was nach einer militärischen Auseinandersetzung Altmetallhändlern zu Reichtum und Ansehen verhilft. Heutzutage aber das, was als Ergebnis friedlicher Abrüstung mit Schweißbrennern Arbeitsplätze schafft — auch wenn manchem Panzerkommandanten in Ost und West bei diesem Anblick nostalgische Tränen kommen.
Parka	Militärisches Bekleidungsstück, das außerhalb der Dienstzeit mit Vorliebe von wehrunwilligen Demonstranten getragen und wegen der damit möglichen Vereinheitlichung des Aussehens auch als Tarnmittel von Vermummten gerne genutzt wird. Das Bekleidungsstück, das beim Bund, statistisch gesehen, am häufigsten verlorengeht.
Pazifist	Ist das, was man in Demokratien schon immer darunter verstanden hat: ein Mensch, der gegen den Krieg, aber für die Verteidigung der Freiheit ist und in jüngst vergangener Zeit sogar ohne Skrupel Wehrminister mit Engagement für seine Soldaten werden konnte.
Personalverstärkungsmittel	Kein im militärischen Bereich verabreichtes Medikament zur Erhöhung der Geburtenzahl in Soldatenfamilien, sondern in Zeitintervallen erkennbarer Versuch, durch Geldspritzen die Wehrwilligkeit zu erhöhen.
Phantom	Nach sachkundiger Feststellung eines Luftwaffen-Offiziers der häßlichste Blechtrümmerhaufen, der entgegen allen gültigen Gesetzen der Flugphysik je geflogen ist und auch noch die Bezeichnung Flugzeug beansprucht.
Planstelle	Es handelt sich hier um jenen besser dotierten Platz im hierarchischen Aufbau der Armee, den man möglichst rasch zu erreichen plant (daher Planstelle), der aber — nach eigener Ansicht — stets von einem schlechter Beurteilten besetzt ist.

Polit-Offizier

Kann nicht von dem englischen Wort „polite = höflich“ abgeleitet sein, sondern kommt nach Meinung eines ehemaligen NVA-Soldaten eher vom Wort „polieren“, da besonders linientreue Offiziere damit beauftragt waren, Gesinnung, politisches Gewissen und die Vorstellung der Soldaten von einem Feindbild stets aufs neue „aufzupolieren“.

Posten

Wesentlicher Bestandteil der Wache. Ein Soldat steht nicht Posten, sondern er schiebt ihn, was — weil er seinen Platz als Posten nicht verlassen darf — die Frage aufwirft, wie er das macht.

Pünktlichkeit

Während früher die Soldaten oft auf ihre Vorgesetzten warten mußten, ist das heute meist umgekehrt.

pumpen

1. Zuhilfenahme der Mittel eines finanziell potenteren Kameraden;
2. Technisches Gerät, mit dem Flüssigkeiten gefördert werden;
3. Mechanische Auf-und-ab-Bewegung zur Förderung der Muskelkraft von Soldaten, deren

a) Armmuskeln der Entwicklungshilfe bedürfen,
b) kleine, graue Gehirnzellen beim Unterricht auf Stellung „Null“ geschaltet sind,
c) geistige Differenzen mit Ausbildern der Gleichschaltung bedürfen.

Putz- und Flickstunde

Untauglicher Versuch von Vorgesetzten am noch untauglicheren Objekt (Wehrpflichtigen), ihm das an Ordnung, Sauberkeit und hauswirtschaftlichen Kenntnissen beizubringen, was nachsichtige Eltern offenbar versäumt haben. Das Ergebnis der Bemühungen ist nach der Entlassung aus der Bundeswehr oft eine offensichtlich potentiell gesteigerte Wollust auf Unordnung im eigenen Heim.

Pünktlichkeit:
,,Wie soll ich das verstehen, Sie haben es nicht geschafft,
so schnell aus dem Schlafsack zu kommen?‘‘

Reservist:
„Wer ist Reservist?“

Q

Quasselbude	Bösartige Bezeichnung für das ,,Zentrum Innere Führung" durch einen frustrierten Oberstleutnant während eines Lehrgangs für Kommandeure und nach dem Auftrag, nachfolgende Textprobe auf ihren dialektischen Wahrheitsgehalt hin zu untersuchen: ,,Eine in der Basis begründete Grundlage ist der Fußpunkt des Fundaments".
Querverbindung	Das, was oft auch ein Soldat nach links oder rechts (wer denkt hier an Parteien?) braucht, um vorwärts zu kommen.

R

raustreten	Nicht umgehbare Aufforderung eines Vorgesetzten, in größtmöglichem Tempo die wohltemperierten Unterkunftsräume zu verlassen und ohne Rücksicht auf Witterung und Gesundheit das Freie aufzusuchen.
Regenwurmorden	Neidische Bezeichnung weniger harter ,,Auch-Soldaten" für das Einzelkämpferabzeichen, das jene Kameraden tragen, die sich lieber ,,Ranger" nennen würden. Immerhin erscheint die Tatsache erstaunlich, daß Angler in der Nähe eines Einzelkämpfer-Ausbildungszentrums über bis dahin nicht beobachteten Mangel an Regenwürmern klagen.
Regierungsstaffel	Keine sportliche Vereinigung von hohen Regierungsmitgliedern, sondern komfortabel ausgestattete militärische Lufttransportmittel für wichtige Volksvertreter mit Fernweh. Zu 98% durch den Außenminister in Anspruch genommen.
Rekrut	Soldatischer Anfänger mit dem Gefühl, ,,ein armes Würstchen" zu sein, wobei das Gefühl trügt, denn ,,im Mittelpunkt der Armee steht der Mensch".
Reservist	Zivilisierter Soldat in Lauerstellung.

Revierreinigen	Auch ,,shrupping“ genannte, unbezahlte Raumpflegearbeiten durch ungeschultes Personal unter den wachsamen Blicken geschulter Ausbilder. Nutzeffekt: — hoher Wasserverbrauch — Aufspülung des Schmutzes in den Flurecken und vor den Zimmern der Ausbilder.
,,Richt Euch!“	Befehl an einen ,,Sauhaufen“ (siehe dort!), eine gerade Linie zu bilden. Das wird vom einzelnen mit Blick nach rechts unter betontem Vor- und Rückwärtsstrampeln so lange versucht, bis er die Nasenspitze des rechten Flügelmannes sieht. Ist dies gelungen, bildet der ,,Sauhaufen“ eine Schlangenlinie, deren Verlauf von der Schuhgröße und dem Leibesumfang der Soldaten abhängig ist. Diese auf eine gerade Linie (die kürzeste Entfernung zwischen zwei Punkten) zu korrigieren, ist die Aufgabe der Ausbilder (siehe dort!).
Robben	Flossenfüßige Meeresraubtiere, deren Fortbewegungsart an Land von Soldaten im Gelände gern nachgeahmt wird.
rödeln	Nicht etwa ein Rechtschreibfehler des legendären Sanitätsgefreiten Neumann für ,,Röteln“, sondern hier meist in fieberhafter Form ausgeübte, arbeitsintensive (oder als solche vorgetäuschte) Aktivitäten von Soldaten, die den Anschein erwecken sollen, als würde Leistung produziert. Ein aus diesem Grund vor allem bei Pionieren oft gebrauchtes Wort.
Rolle	Hier keine sportliche Betätigung nach Art eines Purzelbaumes, sondern marinespezifische Bezeichnung für die Verhinderung von Langeweile bei Angehörigen von Schiffsbesatzungen mittels wohldurchdachter Zuteilung von Dienstleistungsaufträgen. Nicht zu verwechseln mit:
Rolling	Im seemännischen Verständnis umschreibt R. etwa eine nächtliche Landreise durch eine Vielzahl mehr oder weniger obskurer Lokale mit dem Ziel der Vernichtung beträchtlicher Mengen von Alkohol. Da anschließend schon mancher ,,Lord“ nach Hause gerollt werden mußte, kommt daher vielleicht das Wort ,,Rolling“.

Robben:
„Richtig, das ist die Hindernisbahn
...und ich bin das erste Hindernis.“

Sanitätsgefreiter:
,,Würden Sie bitte ein bißchen umherlaufen —
ich mag bewegliche Ziele!“

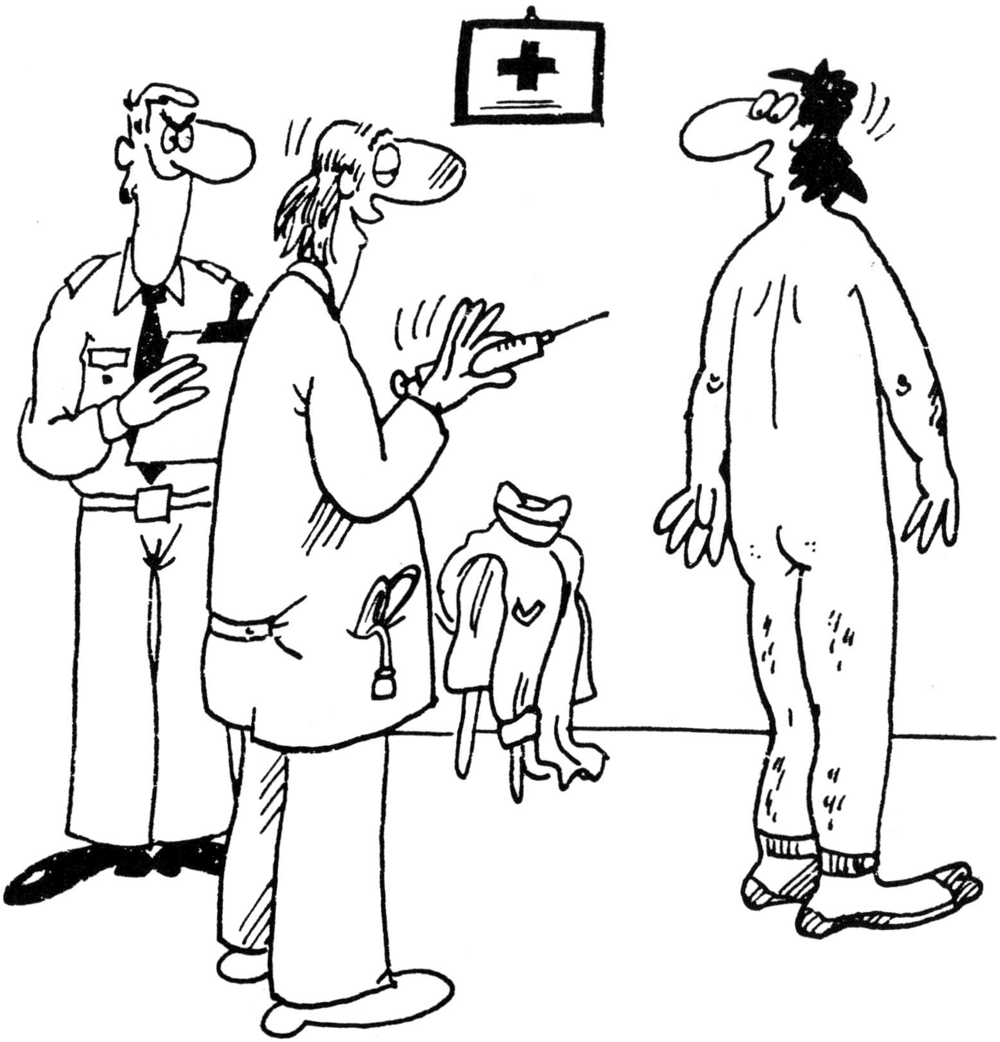

Rotarsch

Veraltete Bezeichnung für Rekruten, von älteren Soldaten und unerfahrenen Ausbildern benutzt. Seit der Existenz des Wehrbeauftragten im militärischen Fachvokabular angeblich ausgestorben.

rotieren

Die übertrieben eifrige Handhabung von Dienstobliegenheiten, um
1. Urlaub zu bekommen,
2. nicht zur Wache eingeteilt zu werden,
3. vor Vorgesetzten einen „Türken zu bauen",
4. sein schlechtes Gewissen wegen eines selbstgedrehten „Bolzens" zu verbergen,
5. Karriere zu machen.

In höheren Dienstgradgruppen rotiert man vornehmlich aus den Gründen 3 und 5.

„Rührt Euch!"

Aufgelockerte Form der Grundstellung, die aber auf Kommando nahezu explosiv wieder aufzugeben ist. „Rührt Euch!" heißt noch lange nicht „Raucherlaubnis" oder „Frühstückspause".

S

Sack

Ein im militärischen Sprachgebrauch meist in Verbindung mit „nasser", „alter", „müder", „schlapper" oder „Saft-" gebrauchter, selten wohlmeinender Begriff. Nicht identisch mit „SaK", der „Sündenabwehrkanone", dem Militärgeistlichen.

Sanitätsgefreiter Neumann

Der legendäre S. N. wurde 1956 nicht in die Bundeswehr übernommen. Pflaster und graue Salbe seien für eine moderne Sanitätsversorgung nicht mehr ausreichend. Die Lücke klafft.

Sauhaufen

Nach Ansicht militärischer Vorgesetzter ungeordnete und undisziplinierte Ansammlung von Soldaten, die nachdrücklich auf den Weg der Ordnung und des äußerlichen Gleichverhaltens geführt werden muß. Ausbilder werden daher von Angehörigen eines „Sauhaufens" oft auch als „Sautreiber" bezeichnet.

schanzen

Begriff für eine im Frieden höchst unbeliebte Erdbewegung mit Hilfe des Klappspatens zwecks Deckungsverbesserung durch einfache Sol-

daten. Wird heute meist nur noch zu Demonstrationszwecken bei Besichtigungen vorgeführt (siehe ,,Türken bauen'').
Dagegen ist das Schanzen mit dem kleinen Schanzwerkzeug, d. h. die Benutzung des Eßbestecks zur Nahrungsaufnahme, auch heute noch bei allen Soldaten, selbst bei Vorgesetzten, beliebt.

Schießlehre

Die — höchst überflüssige — Theorie von der richtigen Anwendung eines Schießgerätes, die kein Soldat versteht.
Daß trotzdem Treffer erzielt werden, liegt an der in zivilen Schützenvereinen gewonnenen Praxis.

Schiffchen

Keine herabsetzend gemeinte Verniedlichung für die Wasserfahrzeuge der Bundesmarine oder gar der Pioniere.
Hier vielmehr die Bezeichnung für eine — vor allem mangels Barett bei der Luftwaffe getragene — militärische Kopfbedeckung mit Kiel nach oben.

Schlag

Vielseitig verwendbares zivil-militärisches Wort, das stehen kann für
— Handgreiflichkeit,
— Einflugloch für Tauben,
— Breite des Hosenbeines in Schuhhöhe (vor allem bei Zimmerleuten und Matrosen),
— Schöpfkelle voll Essen (siehe ,,Nachschlag''),
— das Maß des Ansehens bei Vorgesetzten.
Meist stehen Maß und Anzahl empfangener Schöpfkellen voll Essen im umgekehrt proportionalen Verhältnis zum Schlag, den ein Soldat bei seinem Vorgesetzten hat.

Schlauch

Ungenutztes, gemeinhin schlaffes Rohr, dessen Zustand wohl auch der Empfindung eines Soldaten nach einer harten Übung und deren Auswirkung auf seine körperliche Verfassung entspricht.

---

schleifen

Fachbegriff der Fallschirmtruppe für die erdgebundene Fortbewegung von Fallschirmjägern nach der Landung hinter dem geöffneten Fallschirm als Folge klemmender Kappentrennschlösser und starker Bodenwinde. Im allgemeinen militärischen Sprachgebrauch jedoch die Bezeichnung für das früher generell geübte ,,Abschleifen'' ziviler

Schiffchen:
„Ich habe leider mein Schiffchen verbummelt.“

Schwarzes Brett:
,,Eine wirksame Methode, damit dem Schwarzen Brett mehr Aufmerksamkeit geschenkt wird.“

Gewohnheiten bei Rekruten zum Zwecke der Disziplin nach dem Motto: „Soldaten sind wie Edelsteine. Sie müssen geschliffen werden, um zu glänzen."
Seit Beginn der „Inneren Führung" aus der Mode gekommene Erziehungsmethode.

Schmiernippel Die während der Nutzungsperiode eines militärischen Gerätes bei der Bundeswehr am besten gepflegten und geprüften Geräteteile.

Schriftverkehr Der Verkehr, den ein Soldat am wenigsten liebt, obwohl er am ungefährlichsten ist.

Schwarzes Brett Pinnwand für die schwarzen Gedanken des Spießes.

Seilschaft Begriff aus der Gebirgstruppe für die Sicherung einer Mannschaft beim Klettern, aber auch die Bezeichnung für eine Gruppe von Soldaten, die sich dank guter Beziehungen untereinander gegenseitig von Beförderung zu Beförderung hochhieven. Dank solcher Seilschaften soll schon mancher eine Dienststellung erreicht und unauffällig besetzt haben, die ihm weder seine Angehörigen noch er selbst sich je zugetraut hatten.

Selbstgestrickte Kein während der dienstfreien Zeit (Wache, NATO-Pause usw.) selbst gefertigtes Wollbekleidungsstück, sondern jene Kategorie von Soldaten, die es ohne Vordienstzeit in der Wehrmacht und ohne Kriegserfahrungen in der Bundeswehr zu brauchbaren Offizieren gebracht haben und sich jetzt angesichts weltweit denkbarer Blauhelmeinsätze manchmal über ihren eigenen Mut wundern.

Simulator Nicht mit einem Simulanten zu verwechseln. Hier handelt es sich um ein Computer-Heimkino für Soldaten, das umweltfreundliches Üben von Einsatzbedingungen ohne Gefahr für Leib und Leben der eigenen und der Gegenseite auch bei schlechtestem Wetter zuläßt.

Smutje Hat trotz des ähnlich klingenden Wortes nichts mit Schmutz zu tun. Im Gegenteil: Wo ein ordentlicher Smutje an Bord wirkt, flüchten die

Ratten und Ihre Kinder mit verheulten Augen und Hunger im Magen aus der Kombüse des Schiffes.

Soldaten

Gibt es seit dem Großen Kurfürsten nur beim Heer. Die Marine arbeitet mit Männern, die Luftwaffe mit Herren. Generalstabsoffiziere aller Teilstreitkräfte sind dagegen weder Soldaten noch Männer, sondern grundsätzlich Herren. Ausnahmen bilden Soldaten weiblichen Geschlechts. Sie heißen überall „Soldatin", es sei denn, sie seien bereits befördert.

Somalia

Am Horn von Afrika gelegenes Land, in dem erstmalig Bundeswehr-Soldaten mit Luchs, Fuchs, Wiesel, Kfz und Sanka in humanitären UN-Einsatz friedenserhaltende Maßnahmen außerhalb der eigenen Grenzen, aber in denen des Grundgesetzes, unterstützen durften. Das hat die Moral des Truppe gestärkt, die sich nach Wegfall des alten „Feindbildes" nun, hochmotiviert, einem neuen Auftrag stellen konnte. Daß dieser mit einem „kleinen Buschgeld" (von wegen Staub, Freizeitverlust und fehlender Frau/Freundin) entschädigt wurde, nahm sie gelassen in Kauf. Irgendwann winkten ja der Urlaub und die Heimkehr.

Sonderurlaub

Ersehnte, aber seltene Vergünstigung in Form amtlich erlaubter Entfernung von der Truppe außer der Reihe.

Spatengang

Altüberlieferte Kurzdefinition für den Weg zur direkten, natürlichen Geländedüngung einschließlich der umweltfreundlichen Spurenbeseitigung mittels eines militärischen Handgrabgerätes (siehe Klappspaten). Einzelkämpfer, Achtung!! Klappspaten nach Spatengang vor Benutzung als Bratpfanne grob reinigen.

Spieß

Überkommene Bezeichnung für Kompanie-/Bateriefeldwebel, der den Dienstbetrieb auch bei Abwesenheit des Chefs am Laufen hielt. Die Bezeichnung ist sicher davon abgeleitet, daß er jeden soldatischen Mangel (oder was er dafür hielt) – also alles – auf die Hörner nahm und in seinem dicken Buch schriftlich aufspießte.
Im Zuge der Zivilisierung der Armee als Begriff heute nur noch selten – und dann als Auszeichnung – gebraucht.

Spieß:
,,Schau mal, Häschen am Spieß!"

Standort:
,,Melde, wir haben das ganze Kasernengelände nach versteckten Mädchen abgesucht. Wir haben keine gefunden.“

Spind	Genormter Einheitsschrank mit exakt vorgeschriebener Einteilung zur Aufnahme aller dienstlichen und privaten Bekleidung und Ausrüstung sowie von Fotos von Pin-up-Girls. Der Schrank ist von jedem Soldaten selbst einzurichten. Stimmt die Richtung nicht, wird er von Ausbildern „eingenordet" und ist danach erneut einzurichten. Der damit beginnende Lernprozeß kann sich mehrfach wiederholen.
Sportschule der Bw.	Müßte erfunden werden, wenn es sie nicht gäbe, da die Athleten der Bundesrepublik bei Olympischen Spielen und Weltmeisterschaften sonst im Medaillenspiegel noch hinter Swasiland (590 000 Ew.) einzuordnen wären.
Springerstiefel	Zunächst nur als stabilisierende Fußbekleidung für Fallschirmjäger gedacht. Mittlerweile aber auch bei Demos von nicht Wehrfähigen, Wehrunwilligen und vor allem von solchen Leuten getragen, die ideologisch gerne jene mit Füßen treten, die sie und ihre Meinungsfreiheit schützen.
Staatsbürger in Uniform	Bezeichnung für einen jungen Menschen, der sich seine Auffassung vom Dienst für sein Volk mehrere Monate oder Jahre seines Lebens kosten läßt und dazu auch noch eine unmodische Einheitskleidung trägt.
staatsbürgerlicher Unterricht	Vermittlung der Erkenntnis, daß Gorbatschow nicht nur eine Wodka-Marke und Perestroyka keinesfalls ein russischer Pferdeschlitten ist und Bismarck schon gar nicht Reichskanzler unter Hitler war.
Standortübungsplatz	Mehrfach von Soldatengenerationen umgepflügtes Übungsgelände in Kasernennähe. Jedem Soldaten nach der Grundausbildung so in allen Einzelheiten bekannt, daß er auch dreißig Jahre danach seine Enkel mit geschlossenen Augen zum dauerbenutzten Deckungsloch in der linken hinteren Übungsplatzecke führen und die Ur-Ur-Ur-Ur (usw.) — Nachkommen der Kaninchen mit dem Familiennamen nennen kann.
Standortverwaltung	Gottes Mühlen mahlen langsam, werden aber selten von denen einer Standortverwaltung eingeholt.

Stationierungskosten	Hoffentlich bald überflüssige Überlebenshilfe für fremde Truppen auf deutschem Territorium, deren Zahlung allerdings durch Kürzung der Wehrdienstzeit für Soldaten der Bundeswehr erleichtert wird.
Stau	Urlaubsbekannte Straßenerscheinung, die entweder für richtige Urlaubsreife sorgt oder die Urlaubserholung egalisiert. Sie erzeugt Streß und erfordert viel Geduld. Wegen der Anforderungen an die Geduld der im Beförderungsstau stehenden Soldaten, die sie oft in gleicher Verwendung in stressiger Warteposition verbringen müssen, wurde der verkehrstechnische Begriff ,,Stau'' auch in deren Sprachgebrauch übernommen. Auch in ihrer Karriere geht oft lange Zeit nichts mehr.
Staubwolke	Das jedem Rekruten bekannte und geläufige Wort — für etwas, was nur der Ausbilder sieht, wenn er kraft eigenen Entschlusses beim Bekleidungsappell mit der flachen Hand auf ein säuberlich zusammengelegtes und vorher mit allen Raffinessen der modernen Reinigungskunst entstaubtes militärisches Bekleidungsstück schlägt. Eine so erzeugte illusionäre Staubwolke hat meist dann Folgen, wenn der Rekrut behauptet, sie nicht zu sehen; — für das, was der Ausbilder im Gegensatz zu vorher sehen will, wenn er den Befehl zum Wegtreten gibt. Sieht er sie nicht, hat auch das meist Folgen.
Stauferfett	Gemeinhin als Abschmiermittel bekannte glitschige Masse, die der Mehrfruchteinheitsfrühstücksmarmelade der Soldaten den Namen gab.
Stellung	Soldaten, die in Stellung gehen, haben dabei keineswegs so anzügliche Gedanken wie ein unbeteiligter, dieses Wort lesender Zivilist.
stellvertretende Kommandeure	Nach Auffassung eines Halbwüchsigen aus Bayern: ,,Halbostiftler''. (Übersetzung für Nichtbayern: Offiziere, die nur teilweise etwas zu befehlen haben.)
Strategie	Nach Clausewitz der Gebrauch des Gefechts zum Zwecke des Krieges. In Umkehrung dieser Feststellung sollten alle Politiker ihren Auftrag

Stellvertretende Kommandeure:
„Na, bitte! Beliebt wie ein Vater!“

Streife:
„Ich möchte einen anderen Hund zur Nachtwache.
Der bellt andauernd, und ich kann dabei nicht schlafen!“

darin sehen, die Strategie im Gebrauche der Politik zum Zwecke des Friedens einzusetzen.
Noch immer aber scheint festzustehen, daß Politiker nicht gelernt haben, beides zu unterscheiden, und dann versuchen, ihr politisches Versagen durch operatives Können ihrer Generale wettzumachen.

Streife Bestandteil der Wache. In diesem Falle aber im Gegenteil zum „Posten" Spaziergang zu zweit durch die landschaftliche Schönheit des militärischen Wachbereichs mit der Möglichkeit, Gedanken über die „Innere Führung" oder die letzte Party auszutauschen, weil außer dem Offizier vom Dienst ja doch kein Feind kommt.

Stubendurchgang Ein im soldatischen Leben außerordentlich beliebter Wochenendbesuch von Kp-/Batterie-Chef und/oder KpFw in Begleitung des UvD in der Unterkunft, u. a. zur Überprüfung des Staubpegels auf Spinden, Fensterrahmen, hinter Heizungen und unter Betten. Daß auch heute noch mit weißen Fingerhandschuhen nach Staubkörnern in der Größe von Nanometern (Milliardstel-Metern) gesucht wird, gehört zumindest hinsichtlich der Größenordnung der Staubpartikel in das Reich leicht übertreibender Fabeln.

T

Taktik Die im deutschen Heer geübte Anwendung der Strategie auf niedrigerer Ebene (Liddell Hart) mit dem Ziel, durch kluge Führung Unmögliches möglich zu machen und sich erforderlichenfalls — wenn oft auch widerstrebend — dazu sogar der Logistik zu bedienen.

tarnen Jene der Natur abgelauschten und abgeschauten Maßnahmen der Lautlosigkeit und der Mimikry, die Soldaten anwenden, um sich
- gegenüber dem Feind im Gelände unsichtbar zu machen,
- dem Auge und Ohr von Vorgesetzten in jeder dazu geeigneten Lage zu entziehen.

Technischer Dienst Meist jene Art von intensivem Putzmittelverbrauch bei der Kfz- und Waffenpflege durch eifrige Soldaten, deren Wirkung baldige Ersatzbeschaffung des Geräts zur Folge hat. Insider sprechen unrichtigerweise von „kaputt pflegen".

Territorialstreitkräfte	Haben trotz der Ähnlichkeit am Wortanfang nichts mit Terroristen zu tun, obwohl sie es möglicherweise auf bestimmtem Terrain mit ihnen zu tun bekommen könnten.
„Thema durch!“	Die Meldung eines Unterrichtenden an einen Vorgesetzten, wenn er nicht mehr weiter weiß, aber auch die abrupte Beendigung einer Diskussion, wenn ein Vorgesetzter nicht mehr weiter weiß.
Theorie und Praxis	Definition eines Obergefreiten: — Offiziere beherrschen die Theorie von Ausbildung und Einsatz, aber nicht mehr die Praxis, — Unteroffiziere beherrschen die Praxis, aber noch nicht die Theorie, — Mannschaften aber sollen beides durchführen.
Trillerpfeife	Der bestgehaßte Ausrüstungsgegenstand des UvD, da er mit dessen durchdringendem Lärm zu beinahe mitternächtlicher Stunde auch den müdesten Krieger aus dem Tiefschlaf weckt und mit dem anschließenden Ruf „Aufsteh'n!“ den Dienstbeginn verkündet.
Truppenabbau	Die Gelegenheit für die Bundesländer, deren Bürger bisher über die umfangreiche Truppenstationierung räsoniert haben, nunmehr über deren Verminderung zu klagen, um dafür vom Bund einen Finanzausgleich fordern zu können.
Truppenausweis	„Sesam öffne dich!“ für den ungehinderten Zugang zur Kaserne. Ohne solchen sollen sogar schon Generale von pflichtbewußten Wachsoldaten am Betreten von Kasernen so lange gehindert worden sein, bis der Btl-Kommandeur aus dem Mittagsschlaf geweckt war.
T 7 (sieben)	Neueingeführter Verwendungsgrad, der es auch bisher freigestellten deutschen Spitzensportlern möglich machen sollte, für ein paar Monate dem Vaterland gegen ein geringes Wehrsoldentgeld zu dienen.
Tuchfühlung	Der körpernahe Kontakt, der jedem Soldaten auf dem Kasernenhof, aber auch im zivilen Umfeld den beruhigenden Eindruck vermittelt, daß er nicht allein den auf ihn zukommenden Anforderungen ausgesetzt ist.

Truppenabbau:
„Sparmaßnahme Nr. 278 erfüllt:
statt des Maschinengewehrs
bellt der Hund!"

Uniform:
„Ich an Ihrer Stelle könnte so einem schmucken Obergefreiten nicht widerstehen.“

Türken bauen

Keine Verunglimpfung anatolischer Gastarbeiter, sondern die rechtzeitige Vorbereitung von Maßnahmen, mit denen einem Vorgesetzten (Inspizienten) Sand in die Augen gestreut und damit der eigentliche Ausbildungsstand getarnt oder verschleiert werden soll, in der Annahme, daß er den Sand nicht sieht.
Vorsicht: Auch Vorgesetzte (Inspizienten) haben früher Türken gebaut und wissen, daß damit oft der Ausbildungszweck erreicht wurde.

U

Überlebensausbildung

Die in NATO-Kreisen — für alle Deutschen auch verständlicher — Survival-Training (Sörweiwel-T.) genannte Kunst, freiwillig oder dem Zwang unmittelbarer Ereignisse folgend, angeblich fern jeder Zivilisation und ohne Hilfsmittel so lange vergeblich nach Wasser, Essen, Feuer und Behausung zu suchen, bis man kurz vor dem Tode durch Verdursten, Verhungern, Erfrieren durch Zufall feststellt, daß sich nur ½ km vom Behelfswaldlager entfernt eine gut besuchte Gastwirtschaft befindet.

Umzug

a) Geballte Straßenbenutzung durch lautstarke Demonstranten mit oft schlimmen Folgen für Unbeteiligte.
b) Meist von jährlich etwa 11 000 Bundeswehrfamilien lautstark — aber nie im Kollektiv — kommentierter dienstlich verordneter Ortswechsel von Soldaten mit oft schlimmen Folgen für Ehefrauen und Kinder. Unbeteiligte sind selten betroffen.

Uniform

Der Soldat trägt, in aufsteigender Beliebtheit aufgezählt:
— Gesellschaftsanzug (soweit zulässig),
— Großen Dienstanzug,
— Ausgehanzug,
— Dienstanzug,
— Feldanzug (Kampfanzug),
— Sportanzug,
— Zivilbekleidung.

Untergebener	Ein Soldat, der tunlichst nie etwas weiß, dafür aber alles kann, wenn es darauf ankommt.
Urlaub	Die wichtigste und stets zu kurze Jahreszeit für Wehrpflichtige, Zeit- und Berufssoldaten, Generale eingeschlossen.

V

Verdienstorden	Wer wenig verdient, bekommt die — Verdienstmedaille, wer mehr verdient, das — Verdienstkreuz, wer viel verdient, das — Großkreuz. Ausnahmen bestätigen die Regel, kommen aber selten vor.
Vergatterung	Zweckgebundene Formalansprache an Soldaten vor Beginn des Wachdienstes, von der an er hinter dem Gatter des militärischen Sicherheitsbereiches eingesetzt ist, aber auch aus der Historie kommende Bezeichnung für einen kräftigen ,,Anpfiff‘‘, der möglicherweise hinter das ,,Gatter‘‘ der Arrestzelle führen kann.
Verhalten in der Öffentlichkeit	Offensichtlich notwendiges Thema zu Beginn der Rekrutenausbildung, da Ausbilder seit jeher wohl annehmen, daß normales Verhalten von Soldaten in der Öffentlichkeit Anstoß erregen könnte.
Verlustmeldung	Wichtigster Bestandteil des militärischen Schriftverkehrs bei Mannschaftsdienstgraden mit teilweise nicht absehbaren finanziellen Folgen bei Dienstzeitende.
Versetzung	Ist die jährlich zweimal stattfindende Wanderbewegung von Offizieren und Unteroffizieren durch die Bundesrepublik oder ins benachbarte Ausland, wobei die Familien ausdrücklich nicht ausgenommen werden, mit dem Ziel,

Verdienstorden:

„So, so, Sie waren also schon einmal Faschingsprinz.“

Vorgesetzter:

„Wissen Sie, wer Ihr Vorgesetzter ist?“

„Senkrecht oder waagrecht?“

— die Breitenverwendungsfähigkeit Versetzter zu erweitern und den Stau örtlich, regional oder europaweit umzuschichten, und

mit der Folge, dafür

— den Kindern Versetzter das Versetztwerden zu erschweren.

Verteidigungssteinbruch

Kein Eckpfeiler eines Abwehrriegels, sondern, nach Meinung profilierungsbedürftiger Politiker, der Bundeswehrhaushalt, der abgebaut werden kann, bis kein Stein mehr auf dem anderen steht.

Vertrauensmann

Ein Soldat, dem seine Kameraden zutrauen, daß er sich traut, im Vertrauen auf ihr Vertrauen mit dem Vorgesetzten vertrauliche Gespräche zu führen.

Vollausbildung

II. Quartal: Einführung in die Kunst des Gammelns,
III. Quartal: Beherrschung des Gammelns, einzeln und in der Gruppe.

Vorgesetzter

Nach Ansicht Untergebener eine Persönlichkeit gehobenerer Gehaltsklasse, die meist alles weiß. Weil sie es aber selten noch kann, hält sie sich für die praktische Ausführung geeignetes Personal (was aber nur für den dienstlichen, nicht für den privaten, persönlichen Bereich gilt).

Vorschrift

Nach der Definition eines Schweizer Soldaten wirkt jede Vorschrift wie ein Schwimmgürtel: Sie hilft dem Anfänger und behindert den Könner.

W

Wachbataillon

Wegen ständiger Begrüßungszeremonien für Staatsbesucher in Bonn selten zum Schlafen kommender Verband der Bundeswehr, der daher seinen Namen hat.

Wache

Der beliebteste Dienst in der Armee — vor allem an Wochenenden —, bei dem den Soldaten wechselweise Ruhe und Spazierengehen befohlen werden. Kantinenbesuche während des Spazierganges gelten als dicker „Bolzen“ (siehe dort!).

Waffen

Lästiges militärisches Handwerkszeug, dessen Existenz — wenn auch in immer geringerem Umfang, wie man von kompetenter Seite hört — der Friedenserhaltung dienen soll, auf das aber im Falle des Versagens der Politik nicht ganz verzichtet werden kann.
Krimis und Western bleiben von dieser Einschränkung ausgeklammert, da dort immer geschossen werden muß, um Spannung zu erzeugen.

Waffenpflege

Ein gewissenhafter Soldat pflegt seine Waffe
a. grob: unter der Dusche,
b. gründlich: mit Sandstrahlgebläse und Drahtbürste, tränken in Öl eingeschlossen.
Nach Abgabe auf der Waffenkammer empfängt er vor einem Waffenappell tunlichst die Waffe seines Vorgesetzten und überläßt diesem die begründete Schilderung für den Zustand der gründlich gepflegten Waffe.

Wechselstellung

Auch hier sind keine zweideutigen Gedanken angebracht. Gemeint ist hier das Springen von Loch zu Loch im Gelände.

Wecken

Die unangenehmste Tageszeit bei der Bundeswehr. Oft beginnt sie unmittelbar nach dem Einschlafen.

Wehrbeauftragter

Unabhängiger Verwalter des „Bundeswehr-Kummer-Briefkastens". Hat die Befugnis, den zumeist für Chefs und Kommandeure lästigen — meist auch noch unangenehmen — Schriftverkehr zu erhöhen. Glaubt durch sein Wirken das zu verbessern, was die Theorie „Innere Führung" nennt.

Wehrdienstverweigerer

Dürfte es eigentlich nach dem Buchstaben des Grundgesetzes nicht geben, da nur der Kriegsdienst verweigert werden kann. Da Wehrdienstleistende nach zwar nicht unumstrittener, dafür aber allgemein gängiger Auffassung durch ihre Anwesenheit einen Krieg verhindern, sollten sich Wehrdienstverweigerer neue Argumente ausdenken.

Wehrpaß

Die Ausstellung des Wehrpasses entspricht der Ausfertigung eines Garantiescheines mit mehrmonatiger Laufzeit und dem Anrecht auf die Vorzugsbezeichnung „Bürger in Uniform".

Wehrdienstverweigerer:

„Himmel, Schulze, nun seien Sie doch mal ein ganzer Kerl, und werden Sie Wehrdienstverweigerer.“

Wehrpflichtiger	Nobody is perfect!
Wehrsold	Steuerfreier Notgroschen für Bundeswehrgelegenheitsarbeiter, auch Wehrpflichtige genannt.
Wehrübung	Keineswegs ein Wort, das ausdrückt, wie man sich dagegen wehrt, üben zu müssen, sondern umgekehrt ein Wort, das aussagt, wie man üben muß, um sich wehren zu können.
Weißbuch	Eine vom Bundesministerium der Verteidigung veröffentlichte Schrift zur Preisgabe von Daten, die im allgemeinen in Panzerschränken verwahrt werden, damit ein potentieller Gegner alles über die Armee weiß. Daher auch der Name Weißbuch.
Wendung	Schwierigere Körperbewegung, als sie politisch oft geistig vollzogen wird. Auf die Verhinderung von Schwankungen bei der Drehbewegung zur Durchführung der Wendung wird im militärischen Bereich größter Wert gelegt.

X/Y

X = icks	Leser, die sich kein X für ein U vormachen lassen, haben spätestens hier gemerkt, daß dieses Buch eine Liebeserklärung an die Bundeswehr ist.
Ypsilon	Böswillige Menschen behaupten, daß dieser Buchstabe auf Bundeswehrfahrzeugen das Ende von „GERMANY“ bedeute.

Z

Zapfen wichsen	In diesem Falle handelt es sich nicht um die umweltfreundliche Behandlung von Tannenzapfen. Eher ist es die pflegliche Behandlung von Zapfstellen in Bierschenken über die zugestandene Ausgangszeit hinaus. Mit oft unangenehmen Folgen für das nächste Wochenende.

Wehrsold:

„Vielen Dank für den schönen Abend und bis zum nächsten Mal, wenn Sie wieder Ihren Sold bekommen!“

Zeitsoldat	Einer, der sich freiwillig die Zeit nimmt, länger als es die Wehrpflicht vorschreibt, mit vollem eigenem Risiko Soldat zu sein.
Zigarre	Als nikotinhaltiges Produkt der Tabakindustrie mit beruhigender und dampfablassender Wirkung bekannt. Im soldatischen Bereich jedoch das mit leicht erhobener Stimme ausgesprochene — ebenfalls Dampf ablassende, aber keineswegs beruhigende — Mißfallen über das Drehen eines „Bolzens" (siehe dort!) durch einen Vorgesetzten. Eine „Zigarre mit Deckblatt" ist die nächsthöhere Stufe, die einem profunden „Anschiß" entspricht.
Zivi	Siehe Wehrdienstverweigerer, jedoch mit anerkennenswert sozialem Touch.
Zug	Eine Vermehrung militärischer Individualisten durch Zusammenfassung von Gruppen (siehe dort) in einer größeren Teileinheit, die vor allem der Begründung für eine Feldwebelplanstelle dient. Es kann sich aber auch um den beim Ausscheiden von Generalen entstehenden Zug auf der Beförderungsleiter handeln.
Zug im Schornstein	Hier nicht das Ergebnis erfolgreichen Bemühens eines Kaminfegers, sondern die Aufwind versprechenden Bemühungen personalbearbeitender Stellen, die Spätfolgen der Aktion „Abendsonne" (siehe dort) durch Versetzungen auch jüngerer Offiziere in den Ruhestand zu mildern. Ziel des Z.: die in den Startlöchern zur Beförderung sitzenden Soldaten beim Vorbeiziehen beförderter Kameraden wenigstens einen hoffnungsvoll warmen Lufthauch verspüren zu lassen.
zugleich	Speziell für Artilleristen und Pioniere eingeführter Anfeuerungsruf, der es diesen erst ermöglicht, eine schwere Arbeit im erforderlichen Gleichklang zu bewältigen. Ohne diesen, bereits von den alten Römern erfundenen und bei Galeerensklaven üblichen Ruf würden sie sich als Individualisten nur gegenseitig behindern.
zurücktreten	Ist ein Befehl an Soldaten, den bisher eingenommenen Platz nach rückwärts zu verlassen. Dieses Wort kommt im Vokabular von Generalen und Verteidigungspolitikern gewöhnlich nicht vor.

ab·neh·men
‹ist› die Kunst, frohen Herzens viele Pfunde zu verlieren, um sie anschließend, noch froheren Herzens, wieder anzufuttern.
Aka·de·mi·ker
‹sind› gebildete Hochschulabsolventen, die sich selbst durch einen Titel geadelt haben.
an·geln
‹ist› die Kunst zu stippen, zu heben, zu senken oder zu spinnen, um Fische zu fangen, die man eigentlich nicht braucht.
Apo·the·ke
‹ist› ein Ort der Hoffnung, Gesundheit auf Rezept kaufen zu können.
Ar·chi·tek·tur
‹ist› die Kunst, traumhafte Häuser zu entwerfen und ihre halbwegs ähnliche Ausführung in begehbarem Maßstab zu überwachen.
Au·to fah·ren
‹ist› die Kunst, viel Geld in einen Haufen Blech zu stecken, um schneller als derjenige voranzukommen, der einen gerade überholen will.
Ba·bys
‹sind› die einzigen Diktatoren der Welt, denen man sich mit einem Anflug von Glückseligkeit unterwirft.
Bank & Bör·se
‹sind› Institutionen, bei denen der Kunde König ist; denn er gibt und nimmt das Geld, von dem alle gut leben.
Bas·ket·ball
Bauch·tan·zen
Be·am·te
berg·stei·gen
Bier trin·ken
BMW fah·ren
Bü·ro
bü·ro·kra·teln
Fröhliche Wörterbücher von A-Z
Bun·des·li·ga
Bun·des·wehr
Ca·brio fah·ren
Ca·ra·van & Wohn·mo·bil
Che·mi·ker
Com·pu·ter
TOMUS

Tschüss!
Com·pu·te·ri·tis
Com·pu·ter-&Vi·deo·spie·ler
Dackel
Do it yourself
Dra·chen- & Gleit·schirm·flie·gen
E·D·V
Ei·sen·bahn
Eis·hockey
El·tern
Fall·schirm·springen
fau·len·zen
fech·ten
Fe·ste & Par·tys
Fröhliche
Wörterbücher
von A-Z
Feu·er·wehr
Fit·ness
Formel 1
Mo·tor·sport
fo·to·gra·fie·ren
Frau·en
Freund·schaft
TOMUS

Fri·sur & Kos·me·tik
Fuß·ball
gär·teln
Geld ver·die·nen
Ge·sund·heits·(un)·we·sen
Ge·werk·schaft·ler
gol·fen
Gra·fi·ker
Groß·mut·ter
grü·nen & blü·hen
Hand·ball
Ho·tel & Gast·stät·te
Hun·de
In·ge·nieu·re
Fröhliche Wörterbücher von A-Z
In-Line-Ska·ting
In·ter·net
Jacht & Jol·le
ja·gen
Ju·bi·lä·um
TOMUS

Ju·ri·ste·rei [jurıstə'rai]
‹ist› die überaus kostspielige Kunst, den Amtsschimmel sowohl zum Wiehern als auch zum Galoppieren zu bringen.
Kaf·fee trin·ken
‹ist› die Kunst, sich von einem Aroma verwöhnen zu lassen, das die Lebensgeister täglich aufs neue weckt.
Kampf·sport
‹ist› die Kunst, ohne Waffen sich selbst zu verteidigen, den Gegner zu Boden zu zwingen, gleichzeitig Körper und Geist zu bilden und obendrein auf der Matte eine gute Figur abzugeben.
Ka·nu & Ka·jak
(fahren ist) die Kunst, sich in jeder Lage über oder unter Wasser zu halten.
Kat·zen [katsən]
beliebte Haustiere, die genau das tun, was man möchte, vorausgesetzt, man verlangt das Gegenteil.
ke·geln
‹ist› die Kunst, mit einer Holzkugel so gut abzuräumen oder in die vollen zu gehen, daß man als Sport- oder Freizeitkegler stets der Größte ist.
Kin·der [kındə]
‹sind› liebebedürftige, unerwachsene Menschen zwischen Geburt und Reife, die ihren Eltern so lange Freude machen, wie sie Lust dazu haben.
Kin·der·gar·ten
‹ist› ein begehrter Platz, wo schutzbedürftige Pflänzchen heranwachsen, die ganz besonderer Pflege bedürfen.
ko·chen [kɔxn]
‹ist› die Kunst, Essen so schmackhaft zuzubereiten, daß selbst verwöhnte Zungen nicht nein sagen können.
Kran·ken·Schwe·stern & Pfle·ger
‹sind› gute Geister, die Tag und Nacht im Dienste der Gesundheit anderer stehen, bis sie selbst nicht mehr können.
Ku·ren & Kneip·pen
‹ist› die Kunst, so gesund krank zu sein, daß der Urlaub vom Arzt verschrieben, von der Krankenkasse bezahlt und dann in vollen Zügen genossen wird.
Land·wirt·schaft
‹ist› die Kunst, als eigener Herr auf freiem Grund zu stehen und Lebensmittel für andere zu erzeugen, ohne selbst dabei zu verhungern.
Lang·schlä·fer
‹sind› Lebenskünstler, die sich ihre Träume im Schlaf erfüllen.
Fröhliche
Wörterbücher
von A-Z
La·tein [la'tain]
‹ist› jene Sprache, welche einige wenige „non scholae, sed vitae“, andere „non vitae, sed scholae“, die meisten jedoch „pro nihilo“ lernen.
lau·fen
‹ist› die Kunst, schnell voranzukommen, ohne dabei jemals mit beiden Beinen zugleich auf der Erde zu stehen.
Leh·rer ['le:rɐ]
‹sind› ehemalige Schüler, die am liebsten verdrängen würden, wie sie ihre eigenen Lehrer behandelt haben.
Lie·be & Part·ner·schaft
‹genießen ist› die Kunst glücklich miteinander zu leben, ob man nun verheiratet ist oder (noch) nicht.
Män·ner ['mɛnɐ]
‹sind› große Kinder, die um so anstrengender sind, je älter sie werden.
TOMUS

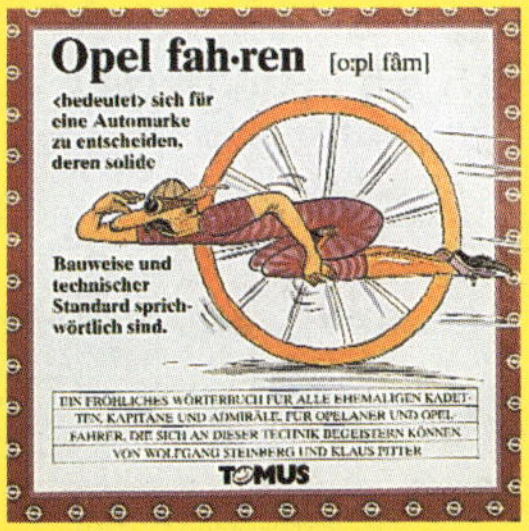

Fröhliche Wörterbücher von A-Z

Fröhliche Wörterbücher von A-Z